**Frank Salewski**

# Der Tag, an dem der Schmetterling starb

Roman

**KILLROY** *media*

## Impressum

Herausgegeben wird die Reihe Killroy 10 + 1 Stories
von Michael Schönauer.

Lektorat: Martin Plan, Asperg
Gestaltung und Satz: Atelier Rosenberger*, Stuttgart
Titelbild: Ralf Urbschat, Gelting
Gesamtherstellung: Druckerei Steinmeier, Deiningen

Bibliografische Information Der Deutschen Bibliothek
Die Deutsche Bibliothek verzeichnet diese Publikation
in der Deutschen Nationalbibliografie;
detaillierte bibliografische Daten sind im Internet abrufbar
http://dnd.ddb.de

ISBN 978-3-931140-14-4

1. Auflage 2024

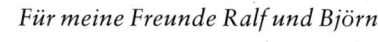

*Für meine Freunde Ralf und Björn*

**Der Autor**
Frank Salewski wurde 1967 in Schleswig-Holstein geboren. Nach der Lehre zum Elektriker arbeitete der Autor zwei Jahre als Elektromechaniker bei Lufthansa in Hamburg, um dann mit 23 Jahren unter 15-17jährigen Mitschülern wieder regulär die Schulbank eines Gymnasiums zu drücken. Nach dem Abitur und einem Geschichts- und Politikstudium in Kiel und Bremen absolvierte er das Referendariat in Braunschweig. Danach folgte die Rückkehr nach Bremen, um für sieben Jahre an einer Sonderschule mit verhaltensauffälligen Schülern in einem Brennpunkt zu arbeiten. Seit August 2009 unterrichtet der Autor an einer Oberschule mit dem Schwerpunkt gymnasiale Oberstufe. 2012 stellte er auf der Frankfurter Buchmesse seinen inzwischen ins Englische übersetzten Debütroman »Heimgekehrt – Wäre er doch gefallen« vor.

*Ein Buch über den Verlust der Unschuld.*
Professor Smith 101 Jahre, verdientes Mitglied medizinischer Forschungsprogramme in den Bereichen Luft- und Raumfahrt versteht sich selbst nicht mehr. Er hat in seinem Leben noch nie geweint. Und jetzt, kurz vor seinem Tod, Tränen? Donald Newman, Psychotherapeut, soll der Sache auf den Grund gehen. Was ist aus dem eiskalten, arroganten Mann geworden, der in seiner bewegten Vergangenheit niemals Schwäche gezeigt hat? Als Kind ein fröhlicher Schmetterling, als Erwachsener eine tödliche Spinne. Wie kam es zu dieser Metamorphose? Kann man ein Leben lang Schuldgefühle verweigern?

*»... was sagst du, kleine Spinne, spinnst Fäden des Verderbens hinterhältig über meinem Kopf. Ich werde dich gewähren lassen, denn du passt hierher. Deine Fäden, dein gnadenloser Zugriff. Eine Erlösung für alle, die sich hierher verirren. Der letzte Ausweg in dieser weißgetünchten Hölle. Meine Spinne wartet auch schon auf mich. Lange wird sie nicht mehr warten. Gute Nacht, kleine Spinne, töte leise und lass mich schlafen.«*

**10 + 1 Stories**

Band 16

**KILLROY** *media*

# Prolog

**Deutsch-Südwestafrika 1906**

Bakteriologisches Laboratorium Lüderitzbucht

»Rudolf, dein Vater wünscht dich in seinem Sprechzimmer zu sehen.«

»Ja, Mutter.«

»Vater, Sie wollten mich sprechen?«

»Sieh mich an, wenn du mit mir sprichst und stelle dich aufrecht hin!«

»Jawohl, Vater«

»Rudolf, hast du das Korkenglas geöffnet?

Fang nicht an zu zappeln, sondern antworte mir!«

»Vater, ich habe ...«

»Rudolf, sieh mich an und stammle nicht!«

»Ja, Vater, ich habe das Korkenglas geöffnet.«

»Warum?«

»Mein Name ist Professor Smith und ich brauche Ihre Hilfe.«

Ohne eine weitere Erklärung war er vor einem halben Jahr an Gladys vorbei in mein Behandlungszimmer marschiert und hatte sich direkt vor die »Beklopptenliege«, wie Kollegen sie manchmal flapsig nennen, gestellt.

Mein Name ist Dr. Donald Newman. Weder verwandt noch verschwägert mit Paul Newman, was schade ist, denn dann wäre aus mir vielleicht nicht nur ein mittelmäßiger Psychotherapeut in Washington D.C. geworden. Nicht dass ich mich beklagen würde; meine Arbeit ermöglicht es mir, in einem großen Haus zu wohnen, meine Tochter und meinen Sohn auf ein gutes College zu schicken und ich fahre einen neuen Mercedes. Meine Frau liebt mich, zumindest hat sie das, bis er in meiner Praxis aufgetaucht ist. Vermutlich denkt sie, ich verliere seitdem den Verstand. Wenn ich nur sicher sein könnte, dass sie sich irrt. Er hat alles verändert. Natürlich kannte ich sein Gesicht und seinen Namen aus medizinischen Fachjournalen. Der letzte Bericht über ihn war eine Lobeshymne zu seinem hundertsten Geburtstag gewesen.

**Steckbrief eines Nationalhelden**

Professor Dr. Frank Smith, heute 100 Jahre alt, verdientes Mitglied medizinischer Forschungsprogramme in den Bereichen Luft- und Raumfahrt. Mehrfach von der NASA und dem Pentagon für außergewöhnliche Leistungen ausgezeichnet. Im Unruhestand seit seinem 90sten Geburtstag. Noch fast täglich in einem Labor oder zahlreichen Forschungsstätten der USA zu finden, um Kollegen bei besonders schwerwiegenden Problemen mit Rat und Tat zur Seite zu stehen. Ein echter US- Amerikaner, auf den sein Land stolz sein kann.

Als ich ihn sah, konnte ich nicht glauben, einem Mann gegenüber zu stehen, der inzwischen 101 Jahre alt war. Aufrecht, mit einer Körperspannung, um die ich ihn beneidete, sah er mich aus stahlblauen Augen herablassend an.

»Ist das Ihre Behandlungsliege?«

Ohne eine Antwort abzuwarten, hatte er sich hingelegt.

»Sie müssen mir helfen.«

Seine Stimme war hart, kein Hauch von Brüchigkeit, wie man es bei einem Greis hätte erwarten können.

»Können Sie Ihr Problem vielleicht eingrenzen?«

Ich fragte zurückhaltend, fast schüchtern, nicht provozierend, wie ich es sonst immer im Erstgespräch tat. Schon in diesem Augenblick hatte ich wohl eine Ahnung von den Wendungen, die mein Leben durch diesen Mann nehmen würde.

»Natürlich kann ich das. Ich habe seit letzter Woche angefangen zu weinen. Und es passiert mir seitdem immer wieder.«

Das war sein Problem? Ein wenig Sentimentalität, vielleicht war er doch nicht mehr die große Persönlichkeit, als die er mir zunächst erschienen war. Vielleicht war er einfach nur alt.

»Was war der Anlass?«

»Das spielt keine Rolle. Ich habe angefangen zu weinen.«

»Verstehe, aber um sagen zu können, warum Sie weinen, muss ich wissen, welche Auslöser dazu führen.«

»Sie verstehen gar nichts. Ich habe geweint. Das habe ich noch nie getan. Vor einer Woche das erste Mal in meinem Leben.«

»Sie haben noch nie geweint?«

Ich war verwirrt.

»Wirklich nie?«

»Nie!«

»Auch nicht als Kind?«

»Nicht solange meine Erinnerung zurückreicht. Was ich als Baby getan habe, weiß ich nicht.«

»Aber was tun Sie, wenn Sie Schmerzen haben?«

Das war völlig unprofessionell, ich fragte nicht zielführend, sondern aus echter Neugierde.

»Das hängt davon ab, wie sie ausgelöst werden. Krankheits- oder altersbedingt akzeptiere ich sie und bei Unfällen ärgere ich mich in der Regel.«

»Sie haben als Kind nie wegen einer Krankheit oder Verletzung geweint?«

»Hören Sie genau zu.«

Wieder dieser Ton, als spräche er mit einem Irren.

»Seit ich mich erinnern kann, habe ich nicht geweint. Das gilt also auch für meine Kindheit. Und um die nächste Frage vorwegzunehmen, ich habe keine Gedächtnislücken und bin geistig noch immer voll auf der Höhe!«

»Und wie reagieren Sie bei Verlusten?«

»Dr. Newman, ich habe bis vor einer Woche noch nie geweint, egal aus welchem Grund.«

Langsam schien er mich für unfähig zu halten. Ich musste etwas Qualifiziertes sagen.

»Mm, ja, um zu erkennen, warum Sie in Ihrem Leben nicht geweint haben und Sie letzte Woche damit angefangen haben, müssen wir – wie schon gesagt – darüber sprechen, ob es einen bestimmten Auslöser für dieses Phänomen gibt. Das wäre ein wichtiger Anhaltspunkt.«

»Es gibt keinen bestimmten, es sind immer verschiedene. Und es interessiert mich auch nicht. Nicht zu weinen ist meine Normalität und die will ich wieder zurück. Glauben Sie, dass Sie mir dabei helfen können?«

»Ich glaube ja, aber wir müssen versuchen, herauszubekommen, ob es nicht doch ein bestimmtes Trauma gibt. Einen Grund für Ihre Verhaltensänderung, der in der Vergangenheit liegt. Und entschuldigen Sie, dass ich das sage, das Alter könnte auch eine Rolle spielen.«

»Ich weiß, dass ich alt bin. Um das zu diagnostizieren, brauche ich Ihre Hilfe nicht. Ich versichere Ihnen, das hat nichts mit meinem Problem zu tun! Und bitte, erklären Sie mir nicht, wie eine Psychotherapie funktioniert. Es ist mir egal, welchen Ansatz Sie wählen, obwohl ich natürlich weiß, dass Ihre Arbeit zu einem großen Teil auf Freuds Konzept der Psychoanalyse beruht.«

»Gut, Sie wollen nicht mehr weinen. Deswegen sind Sie hergekommen und ich werde mich bemühen, Ihnen dabei zu helfen.«

*Wie sonderbar Ihr Anliegen auch ist, und wie unsympathisch Sie mir auch sind.*

»Da Sie die Ursache nicht kennen, können Sie mir sagen, wann das Weinen das erste Mal aufgetreten ist? Und bitte fangen Sie mit der Beschreibung etwas vor dem eigentlichen Ereignis an.«

»Ich wohne momentan in Washington, hier in diesem Stadtteil, weshalb ich, wie Sie sich denken können, auch in Ihre Praxis gekommen bin. Ich habe in der Regel immer den gleichen Tagesablauf. Ich gehe um acht Uhr aus dem Haus, entweder fahre ich dann mit dem Bus oder mit dem Taxi ins Labor. Manchmal, bei schönem Wetter, gehe ich aber auch zu Fuß. Letzte Woche, nachdem mir der Bus vor der Nase weggefahren und kein Taxi in Sicht war, beschloss ich, wegen des sonnigen Wetters, zu Fuß zu gehen. Dabei durchquere ich immer einen kleinen Teil des Edward R. Murrow Parks. Direkt nach dem Eingangstor steht eine große schmiedeeiserne Parkbank, in deren Rückenlehne kunstvoll die Buchstaben BC eingelassen sind. Aber an dem Morgen konnte ich die Bank nicht sehen, denn mehrere Kinder hatten sich in einem Halbkreis darum aufgestellt. Neugierig geworden, blickte ich über die Köpfe der Kinder hinweg, um zu sehen, was ihre Aufmerksamkeit gefesselt hatte. Auf der Bank saß ein gleichaltriger Junge. Er hatte einen Schmetterling gefangen, ein Pfauenauge, und ich sah, wie er unter lautem Gejohle der umstehenden Kinder, dem Schmetterling die Flügel ausriss.«

Er machte eine Pause, um den Worten Geltung zu verschaffen. Oder war das schon seine Geschichte?

»Mm, verstehe.«

»Was verstehen Sie?«

Schneidende Kälte durchfuhr mich. Ich fröstelte.

»Ich vermute, Sie lieben Schmetterlinge?«

»Ich habe angefangen zu weinen wegen eines lächerlichen Insekts und seitdem passiert es immer wieder. Glauben Sie im Ernst, ich hätte eine emotionale Beziehung zu Schmetterlingen?«

»Dr. Newman, alles in Ordnung?«

»Alles ok, Gladys, bitte schließen Sie die Tür.«

Was für ein Ausbruch. Wie sollte ich darauf antworten? Ich kenne Sie nicht, aber nach meinem ersten Eindruck haben Sie vermutlich zu niemandem eine emotionale Beziehung.

»Ich vermute nicht.«

»Gut also, das muss fürs Erste reichen. Ich habe noch zu tun.«

Er war ohne ein weiteres Wort aufgestanden und gegangen. Seine Worte schwebten noch im Raum; ich wusste, er würde wiederkommen. Fast empfand ich seinen Abschied als Drohung. Was hätte ich tun sollen? Ihn das nächste Mal abweisen, mit dem Hinweis auf das Erstgespräch, das so weit von der Normalität entfernt war, dass eine erfolgreiche Therapeut-Patient-Beziehung auszuschließen sei? Ich nicht dabei helfen wollte, normale menschliche Regungen abzuschalten? Oder sollte ich ihn auf Gladys verweisen, um sich einen Termin geben zu lassen? Doch schon nach der ersten Begegnung war ich gefangen. Gefangen in der jeden Willen brechenden mentalen Stärke dieses Mannes und meiner völlig unprofessionellen Neugier, was sich hinter seiner Geschichte verbergen mochte.

**Geheime Staatspolizei**
Heinrich Himmler Reichsführer SS
Dr. Prinz-Albrecht-Straße 8
Berlin SW 11

*Berlin, den 20.03.1941*
*Sehr geehrter Herr Reichsführer SS,*
*in Zusammenarbeit mit dem Luftfahrtforschungs-Institut der*
*Luftwaffe in Berlin-Adlershof, sind die dort tätigen Kollegen und ich zu*
*der Auffassung gekommen, dass es für eine aussagekräftige Erforschung*
*von Höhenflügen notwendig ist, simulierte Versuche mit menschlichen*
*Probanden vorzunehmen. Leider ist es uns bisher nicht gelungen, für*
*eine derartige Versuchsanordnung, die mit dem Tod der Probanden*
*enden könnte, Freiwillige zu finden. Als Alternative zu freiwilligen*
*Versuchspersonen bitte ich den Herrn Reichsführer SS um die Erlaubnis,*
*Einsitzende im Konzentrationslager Dachau auch gegen ihren Willen*
*diesen Versuchen zuzuführen.*

*Es würde, im Falle eines positiven Bescheids, das Vorgehen ver-*
*einfachen, wenn wir die Versuchsapparate und die Versuche direkt*
*ins Konzentrationslager Dachau verlegen, da dort das notwendige*
*Menschenmaterial ohne logistische Probleme des Transports und der*
*zusätzlichen Bewachung unbegrenzt zur Verfügung steht.*
*Ergebenste Grüße*
*Heil Hitler*
*Dr. Rudolf Rasmus*

**Luftfahrtforschungs-Institut der Luftwaffe**
Dr. Rasmus
Berlin-Adlershof

*Berlin, den 25.03.1941*
*Sehr geehrter Dr. Rasmus,*
*im Auftrag des Reichsführers SS Heinrich Himmler darf ich Ihnen*
*mitteilen, dass der Reichsführer SS höchstes Interesse an der von*

*Ihnen beschriebenen Forschung hat. Des Weiteren gewährt der Herr Reichsführer Ihnen die Nutzung von Inhaftierten des KZ Dachau für Ihre Höhenflugforschung. In Absprache mit der Führung der Luftwaffe wird eine mobile Unterdruckkammer ins Konzentrationslager Dachau verbracht. Sobald diese eingetroffen ist, können Sie umgehend mit den notwendigen Versuchen beginnen. Alle Ergebnisse aus diesen Experimenten sind ausschließlich dem Reichsführer persönlich zu übermitteln. Eine Weitergabe an Dritte hat der Reichsführer SS ausdrücklich untersagt.*

*Der Herr Reichsführer lässt Ihnen bei dieser Gelegenheit seine herzlichen Glückwünsche zu Ihrem Geburtstag ausrichten.*

*Diesen Glückwünschen möchte ich mich gerne anschließen.*

*Mit freundlichen Grüßen*

*Heil Hitler*

*Dr. Brandt, Sturmbannführer*

*Persönlicher Referent des Reichsführers SS Heinrich Himmler*

**Dachau 07.01.1942**

»Hermann, hast du gesehen, was die Herren Doktoren für einen komischen Apparat aus Berlin mitgebracht haben?«

»War ja kaum zu übersehen. Soll angeblich eine
Unterdruckkammer sein.«

»Eine was?«

»Keine Ahnung, hat der Assistent von Dr. Rasmus so genannt.«

**Dachau 02.05.1942**

»Hermann, der Doktor braucht wieder drei Gefangene.«

»Egal welche?«

»Nee, dieses Mal sollen es Männer nicht älter als 40 und in gutem gesundheitlichen Zustand sein. Such drei aus, die noch nicht so lange hier und noch gut beieinander sind und bring sie zum Block 3.«

»Wird gemacht.«

»Beeil dich, der Doktor wartet schon.«

**Geheime Staatspolizei**
Heinrich Himmler Reichsführer SS
Dr. Prinz-Albrecht-Straße 8
Berlin SW 11

*Dachau, den 16.05.1942*
*Sehr geehrter Herr Reichsführer SS,*
*die an Lagerinsassen durchgeführten Experimente in der Unterdruck-*
*kammer waren sehr erfolgreich. Die beigelegte Filmrolle zeigt die*
*Versuchsanordnung an einem 37-jährigen männlichen Juden. Der*
*Proband war zu Beginn des Versuchs in einem guten physischen Zustand.*
*Sein Tod trat in einer simulierten Höhe von 12.000 Metern ein. Schon*
*beim Erreichen von 7.000 Höhenmetern begann der Proband zu schwit-*
*zen und unter Atemnot zu leiden. Mit zunehmender simulierter Höhe*
*begann er unkontrolliert zu zucken und es kam zu Ausfluss aus seinem*
*Mund, bevor es zur Ohnmacht und schließlich zum Tod des Probanden*
*kam. Die Autopsie ergab, dass Adern geplatzt sind und es zu Embolien*
*im Herz- und Hirnbereich gekommen ist. Diese Ergebnisse haben sich*
*im Verlauf der nachfolgenden Versuche bestätigt. Es ist damit erwie-*
*sen, dass es bei Flügen über 10 Km Höhe dringend notwendig ist, den*
*Piloten durch einen höhentauglichen Druckanzug zu schützen und ihn*
*mit künstlichem Sauerstoff zu versorgen. Die erfreulichen Ergebnisse,*
*die sich aus diesen Versuchen ableiten lassen, sind im Detail der ge-*
*nauen Beschreibung und Bewertung im Anhang zu entnehmen.*
*Weitere Versuche mit derselben Versuchsanordnung und dem-*
*selben Verlauf werden in den nächsten Tagen zur Absicherung der*
*Ergebnisse folgen.*
*Ergebenste Grüße*
*Heil Hitler*
*Dr. Rasmus*

**Konzentrationslager Dachau**

Dr. Rasmus

Konzentrationslager Dachau

Alte Römerstraße 75

Dachau

*Berlin 22.05.1942*

*Sehr geehrter Dr. Rasmus,*

*der Reichsführer SS Heinrich Himmler lässt Ihnen ausrichten, dass er die Ergebnisse Ihrer bisherigen Forschung für kriegswichtig hält und er die Fortsetzung der Experimente ausdrücklich befürwortet.*

*Um die vom Reichsführer initiierten und begleiteten Versuche und Forschungen führenden Köpfen der Luftwaffe und des Heeres zu präsentieren, ist eine Vorführung des Films zu dem Unterdruckkammerversuchen am 13.Juni in der Dr. Prinz-Albrecht-Straße angesetzt. Ihre Aufgabe besteht darin, die Versuchsanordnung und den Versuchsverlauf zu kommentieren. Die Ergebnisse und ihre Auswirkungen werden dann von Herrn Reichsführer SS Heinrich Himmler persönlich ausgeführt.*

*Beginn des Films 15:00 Uhr!*

*Ihr Erscheinen zum persönlichen Vorgespräch beim Herrn Reichsführer um 14:00 Uhr!*

*Mit freundlichen Grüßen*

*Heil Hitler*

*Dr. Brandt, Sturmbannführer*

*Persönlicher Referent des Reichsführers SS Heinrich Himmler*

**Berlin 1945, kurz nach dem Ende des Zweiten Weltkrieges**

**Zentrale der Joint Intelligence Objectives Agency (JIOA)**

(Zuständig für die Rekrutierung von Nazi-Ärzten und Wissenschaftlern für die USA)

**Operation Paperclip**

»Das können wir nicht tun.«

»Was meinen Sie damit?«

»Ich meine, dass es ethisch nicht zu rechtfertigen ist.«

«Meine liebe Lydia, Sie sind also der Meinung, all diese armen Juden sollen umsonst gestorben sein?«

»Colonel, Sie sind ein Zyniker, als wenn es Ihnen darum ginge.«

»Was wollen Sie damit andeuten?«

»Lydia, meine Herren, ich bitte Sie, lassen Sie uns doch nicht persönlich werden. Wir haben hier einen Auftrag zu erfüllen.«

»Das ist es, was ich meine, wir können das alles nicht einfach ignorieren. Der Präsident hat ganz klare Anweisungen gegeben. Es gibt Gesetze!«

»Gesetze und Anweisungen, die dazu führen, dass wir einen vielleicht jahrelangen wissenschaftlichen Vorsprung an die Sowjets verschenken. Denken Sie daran, das Pentagon hat uns nicht umsonst mit Sondervollmachten ausgestattet.«

»Sondervollmachten oder nicht, wir können doch nicht einfach gegen eine Direktive des Präsidenten ...«

»Entschuldigen Sie, dass ich Sie unterbreche, aber der Colonel hat Recht, die Überlassung dieses Wissensvorsprungs und der Männer, die ihn repräsentieren, an die Sowjets, kann das Pentagon nicht zulassen. Und Sie werden mir sicher zustimmen, das wäre auch nicht im Interesse des Präsidenten, der sich übrigens aus gutem Grund nicht über alle Operationen berichten lässt.«

»Sie meinen ...«

»Wir meinen, die Rekrutierung dieser Männer ist im Interesse der Vereinigten Staaten und damit auch im Interesse des Präsidenten.«

Lydia wusste, wenn ihr Chef, Dr. Carpenter, ein kleiner, grauhaariger Mann, der extra für diese Sitzung über den großen Teich angereist war, sich einmischte, wurde es ernst. Sie beobachtete seine Zigarette, die eine lange zerfranste Aschenkuppe vor sich hertrug, von der dünne, sich kräuselnde Rauchfäden in Richtung Zimmerdecke stiegen. Alle bis auf sie rauchten ohne Unterlass. Die Wolken von Zigarettenrauch hatten sich zu einem Nebel verbunden, der das ganze Zimmer durchflutete. Kaum schaffte es das Licht der herabhängenden Neonleuchte bis zu den Gesichtern, die rund um den Tisch saßen, durchzudringen. Lydia kannte die Anwesenden genau, wusste, dass alle ohne Ausnahme darauf warteten, dass sie etwas sagte. Sie spürte ein Kratzen im Hals. Als Nichtraucherin hätte sie gerne das Fenster geöffnet, aber das einzige, was durch das geschlossene Fenster in das Zimmer drang, war das rote Licht einer Hotelwerbung, die halb zerschossen am gegenüberliegenden Gebäude hing. Was hatte sie geritten? Sie hatte die Chance bekommen, in den inneren Zirkel eines geheimen Projektes aufzusteigen. Sicher, er gehörte zur zweiten Welle, nicht zu denen, die Wernher von Braun und seine Leute rekrutierte. Diese Gruppe hatte schon Ende 1944 Kontakt zu der Clique um von Braun aufgenommen, um sich ihrer Dienste zu versichern. Diese hatte nichts Besseres zu tun gehabt als noch am 20. April 1945 Hitlers Geburtstag zu feiern, um sich erst kurz nach Hitlers Selbstmord in die Hände ihrer Leute zu begeben. Waren das nicht allesamt auch Verbrecher? Wie viele Menschen hatten die V1 und V2 noch gegen Ende des Krieges das Leben gekostet? Was hatten die führenden Köpfe des Pentagon bei jedem aufkeimenden Widerspruch gebetsmühlenartig wiederholt?

»Die zukünftige wissenschaftliche Bedeutung dieser Leute übertrifft ihre gegenwärtige Kriegsschuld.«

Sie sprachen von den Leuten, die mit dafür verantwortlich waren, dass in den Produktionsstätten der V2 tief in den Stollen von Nordhausen im Harz mindestens zwanzigtausend Sklavenarbeiter auf Grund der unmenschlichen Arbeitsbedingungen ums Leben gekommen waren. Hatte nicht von Braun bereitwillig zugestimmt, als die SS beschloss, 1.800 französische Ingenieure in einer Nacht- und Nebelaktion zu entführen, um sie zur Arbeit in den V2-Stollen zu zwingen? Dabei musste ihm klar gewesen sein, dass dieser Einsatz für nahezu alle mit dem Tod enden würde.

Und sie selbst? Wohlwollend genickt hatte sie, als die Akte von Brauns von ihren Kollegen vernichtet worden war. Es gab keine Diskussion, auch für sie nicht. Dieser Mann und sein ungeheures Wissen mussten für die USA gesichert werden. Von Braun in den Händen der Sowjets, undenkbar. War das nicht der Grund gewesen, sich überhaupt um diese Stelle zu bewerben? Sie wollte auch Großes für ihr Land und natürlich für ihre Karriere tun. Sie hatte es geschafft. Sie war als einzige Frau und zudem jüngste Mitarbeiterin direkt an den Ort des Geschehens nach Deutschland gekommen, um Nazi-Ärzte mit wertvollen wissenschaftlichen Erkenntnissen für ihr Land anzuwerben. Und jetzt stellte sie fest, dass die Menschlichkeit wie so oft auf der Strecke blieb. Es keinen Unterschied machte, ob man in einer Diktatur oder einer Demokratie mit Rechten und Gesetzen lebte, wenn sich in entscheidenden Momenten eh keiner daran hielt? Na und? Hatte sie das nicht vorher gewusst? Wie lange tat sie schon Dienst im Pentagon, wie viele fragwürdige Befehle waren schon durch ihre Hände gegangen? Keiner der Anwesenden hatte ihre Vorbehalte geteilt. Für sie zählte nur das große Ganze. Sollte sie sich an nur einem Nachmittag alles verderben, was sie sich in vier Jahren aufgebaut hatte? Letztlich kannte sie weder die Zielpersonen noch ihre Opfer, es waren Zahlen und Unbekannte, und wenn diese Unbekannten zu ihrem Fortkommen beitrugen, sollte es ihr eben recht sein.

»Ich verstehe, natürlich, wie im Fall von von Braun.«

»Sehr richtig, meine Liebe, jetzt haben Sie es verstanden, und im Vertrauen: Welche Schätze in unserem Aufgabenbereich noch zu bergen sind, kann keiner von uns vorhersehen.«

Der Colonel hatte die sanfte Zurückweisung Carpenters mit einem diabolischen Lächeln quittiert.

Nach dieser Besprechung war sie nur noch akribischer an die Arbeit gegangen. Schnell schien ihre Entgleisung als der Übereifer eines jungen Hitzkopfes abgetan zu sein. Selbst der Colonel, ein inzwischen stark ergrauter Rotschopf, aber immer noch mit gehörigem Temperament, trug ihr bald nichts mehr nach. Ob es daran lag, dass sie eine Frau und der Colonel ein alter Weiberheld war oder daran, dass sie mit noch mehr Eifer als zuvor in ihre Aufgabe eingetaucht war, wusste sie nicht. Innerhalb kürzester Zeit war es ihr gelungen, mehr Nazi-Ärzte auszugraben als allen anderen Fahndern. Dabei war sie taktisch klug vorgegangen. Immer wenn sie einen neuen Fisch an der Angel hatte, wartete sie, bis der Colonel Dienst hatte, um ihm ihren neuesten Fund in seinem Büro zu präsentieren und ihn um seine Meinung zu bitten.

»Meine liebe Lydia, wissen Sie, was Scott Fitzgerald gesagt hat? Das Leben beginnt von neuem, wenn es im Herbst kühler wird.«

Verdammt, sie war die Einzige, die von allen mit dem Vornamen angesprochen wurde, aber was machte das, sie hatte es geschafft. Wenn der Colonel eines seiner Scott-Fitzgerald-Zitate an einen verschwendete, gehörte man dazu. Jeder kannte die Regel: Bevor einem kein Zitat zuteil wurde, kein eigener Fall. Einen eigenen Fall bekommen, den man bis zum Ende abwickeln durfte, darauf wartete jeder Fahnder. Das bedeutete nicht mehr nur in staubigen Akten wühlen, sondern einen eigenen Jeep, eigene Verhöre, den Zielobjekten Aug in Aug gegenübersitzen. Das war es, worauf sie gewartet hatte.

»Dr. Rasmus also, hm, ein interessanter Fall, wenn ich das richtig lese, fällt er genau in Ihren Fachbereich.«

»Das stimmt, Sir, ein Arzt, spezialisiert auf Luftfahrtmedizin.«

»Haben Sie nicht, bevor Sie zum Pentagon kamen, selbst im Luftfahrtministerium gearbeitet?«

»Ich habe dort meinen Staatsdienst begonnen und bin dann aber schnell hierher gewechselt.«

»Keine schlechte Wahl, vor allem mit Ihren hervorragenden Deutschkenntnissen. Ihre Mutter ist deutschstämmig?«

»Zur Hälfte, meine Großmutter ist 1902 in die USA gekommen, um zu heiraten.«

»Verstehe, dann hat sie Ihnen die Sprache beigebracht.«

»Irgendwie schon, ich habe viel Zeit bei ihr verbracht und dann hat sie mit mir Deutsch gesprochen. Als Kind habe ich das kaum gemerkt, es war normal.«

»Ja, ja, die Alten, immer noch zu etwas nütze. Ernsthaft, Sie können ihr wirklich dankbar sein. Ihre Sprachkenntnisse haben Ihnen hier große Vorteile verschafft und einiges aufgewogen.«

Natürlich. Einmal sollte sie noch auf die Büßerbank, sich auf die Knie begeben, um für ihre Widerworte zu bezahlen. Dafür war der große Schreibtisch des Colonels, den er extra aus der Heimat hatte einfliegen lassen, bestens geeignet. Jeder wusste, dass dieser Schreibtisch aus dem Besitz eines Südstaatengenerals stammte, der an diesem Tisch gegen Ende des Sezessionskrieges Dutzende Todesurteile, vor allem gegen minderjährige Deserteure unterschrieben und sich schließlich, als der Krieg endgültig verloren war, an diesem Schreibtisch erschossen hatte. Welch bessere Kulisse konnte es also für einen Kniefall und eine Begnadigung geben?

»Sir, ich möchte noch einmal betonen, ich weiß nicht, was mich …«

»Ist gut, meine Liebe, wir alle haben mal schlechte Momente, aber lassen Sie sich das eine Lehre sein!«

Er drückte sein Zigarillo im ebenfalls überdimensionierten Aschenbecher, der mit einem Südstaaten-Adler verziert war, aus, als rollte er das Siegel über einem Todesurteil. Da war sie, die Begnadigung, begleitet von einem wohlwollenden väterlichen Lächeln, das seinen Sieg markierte. Seine großen gelben Zähne, denen man die Jahrzehnte des Rauchens und der vernachlässigten Pflege ansah, ähnelten halb zerfallenen mit gelben Flechten bewachsenen Grabsteinen auf einem alten Friedhof, den sie mal in New York besucht hatte. Lydia hätte sich am liebsten übergeben, aber sie lächelte dankbar.

In den nächsten Wochen hatte sie damit zu tun, nach der normalen Arbeit, in den Akten, mehr über Dr. Rasmus herauszufinden. Schnell wurde ihr klar, dass sie es nicht mit einem der üblichen Laborärzte zu tun hatte. Sie war an einen der Großen der Zunft geraten. Er hatte eine führende Rolle im Institut für Flugmedizin in Berlin Adlershof inne gehabt und konnte in direkten Zusammenhang mit den Menschenversuchen im KZ Dachau gebracht werden. Wenn sie Glück hatte, würde er ihr all das liefern, was sie für eine Beförderung brauchte. Man hatte zwar weder Unterlagen über die Menschenversuche in Adlershof noch in Dachau gefunden, aber sie war sich sicher, mit geschickter Verhörtaktik und interessanten Angeboten würde sie Rasmus zu einer Zusammenarbeit und der Überlassung der Forschungsergebnisse bewegen. Doch zunächst musste sie Rasmus finden. Wenn sie Glück hatte, war er noch immer in Berlin. Aber um ihn zu finden, brauchte sie Hinweise.

**Zeugen gesucht ...**
Wer etwas Dienliches über den Verbleib von Dr. Rudolf Rasmus, Arzt im KZ Dachau und Mitarbeiter im Institut für Flugmedizin in Berlin Adlershof, in den letzten Kriegswochen bis heute melden kann, bekommt einen Laib Brot und eine Tafel Schokolade.

Daran angehängt waren das einzige Foto, das sie in den Akten gefunden hatte und die Adresse, bei der sich Zeugen melden konnten.

»Sie sagen, ein Dr. Rasmus befinde sich in einem Bauernhaus nahe Berlin?«

»Ich bin sicher, dass es so ist.«

»Wie haben Sie ihn getroffen?«

»Meine Mutter war krank und ich habe von einem Doktor gehört, der für Lebensmittel oder Schmuck in einem Bauernhaus praktizierte.«

»Und ist es dieser Mann?«

»Das Bild ist nicht besonders gut, aber ich bin sicher, er ist es.«

»Und hat er Ihrer Mutter helfen können?«

»Er hat das Leiden meiner Mutter diagnostiziert, aber dafür ist das Letzte, was wir durch den Krieg retten konnten, draufgegangen.«

»Was hatte sie denn?«

»Er meinte, sie leide an einer hartnäckigen Form von Diarrhoe und dass meine Mutter ohne Medikamente die Infektion nicht überleben würde.«

»Was hat er verlangt?«

»Für die Medikamente wollte er ein Kilo Rindfleisch oder aber den Gegenwert in Gold.«

»Wie haben Sie reagiert?«

»Ich habe gebettelt und ihn schließlich angeschrien, da hat mich dann ein breitschultriger Russe rausgeschmissen.«

»Sie meinen, er steht unter der Obhut der russischen Armee?«

»Nein, ich glaube eher, er macht mit einigen russischen Offizieren gemeinsame Sache.«

»Was ist aus Ihrer Mutter geworden?«

»Sie ist vor einer Woche gestorben.«

»Das tut mir leid!«

»Tja, es ist gerade keine gute Zeit für mich.«

»Wie für so viele, ach bitte, bevor Sie gehen, beschreiben Sie mir doch, wie man zu diesem Bauernhaus kommt.«

Es war für sie nicht einfach gewesen, die Führung von diesem Ausflug zu überzeugen. Letztlich war es der Colonel gewesen, der ihr beigestanden und das Blatt gewendet hatte. Sie ekelte sich vor seinem freundlichen Getue, denn sie war sich sicher, dass er, wenn er die Gelegenheit bekommen würde, ohne zu zögern mit ihr in die Kiste springen würde. Und bis sich diese Gelegenheit ergab, tat er auf altväterlicher Freund. Was für ein Schwein. Selbstgerecht, selbstverliebt und ohne jeden Skrupel. Diese Typen waren überall gleich, der Colonel hätte im Nazideutschland mit Sicherheit Karriere gemacht. Aber galt das nicht für alle hier und was war mit ihr? Sie würde sich Dr. Rasmus holen, ihn für ihr Land gewinnen und sich die längst fällige Beförderung sichern.

**Berlin 1945 Büro des Colonels (JIOA)**

»Haben Sie die Landkarten?«

»Hat Corporal Ferguson bereits im Wagen verstaut.«

»Sie wissen, wie wichtig Rasmus für uns werden kann. Sie haben alle Vollmachten, ihm Angebote zu machen. Denken Sie immer daran, was die Sowjets tun würden, es ist ein Wunder, dass Sie ihn noch nicht entdeckt und zwangsrekrutiert haben.«

»Ein Hoch auf den Kapitalismus und den Schwarzmarkt.«

»Wie bitte?«

»Wenn nicht einige russische Offiziere, nur auf ihren eigenen Vorteil bedacht, kapitalistisch denken würden, würde es diese Chance nicht geben.«

»Verstehe, noch eins, bevor Sie losfahren. Der Passierschein gilt nur für unseren Sektor, wenn Sie Glück haben, kommen Sie damit auch durch den britischen und mit sehr viel Glück auch unbehindert durch den französischen. Aber in Heiligensee ist dann vermutlich endgültig Schluss. Da liegt es an Ihnen, ob Sie die verbleibenden zwanzig Kilometer mit dem Jeep fahren oder ob Sie sich zusammen mit dem

Corporal zu Fuß auf den Weg durch die sowjetisch besetzte Zone machen.«

Der Weg war mühsamer gewesen, als sie es sich vorgestellt hatte, auf die Karten war kein Verlass. Immer wieder mussten sie zerstörte Abschnitte weiträumig umfahren. Die erste Reifenpanne hatten sie noch in ihrer Zone, ein hilfsbereiter Trupp junger Soldaten hatte den Reifen innerhalb von Rekordzeit gewechselt. Es hatte eben auch Vorteile eine Frau zu sein. Die zweite Panne war dann fast das Aus. Der Reifen war nicht mehr zu flicken gewesen, wenn da nicht ein freundlicher französischer Offizier gewesen wäre. Der hatte ihnen für die Nacht zwei Zimmer frei rekrutiert und ihnen versprochen, den Jeep am nächsten Morgen startbereit vor die Tür der halb zerstörten Mietskaserne zu stellen. Lydia hatte noch gesehen, wie die ursprünglichen Bewohner, zwei Mütter mit vier Kindern und ihren Habseligkeiten die Zimmer räumten. Es war ihr gerade noch gelungen, sie einzuholen und ihnen zwei Dosen Büchsenfleisch und eine Tafel Schokolade in die Hand zu drücken. Das Lächeln, das sie dafür bekam, half ihr nur wenig über ihr schlechtes Gewissen hinweg, Kindern die Bleibe genommen zu haben. Aber was hätte sie tun sollen? Sie kannte sich hier nicht aus. Es war ihre einzige Chance gewesen. Das hatte sie schließlich beruhigt. Welche Aussichten die Mütter mit ihren Kindern hatten, diese Frage stellte sie sich nicht mehr. Am nächsten Morgen war alles glatt gelaufen. Der Jeep stand vor der Tür, bewacht von einem französischen Soldaten. Bis nach Heiligensee gab es keine Probleme. Von hier aus waren sie zunächst noch einige Kilometer auf unbefahrenen Straßen voran gekommen. Als sie aber von Weitem einen Trupp russischer Soldaten sahen, versteckten sie den Jeep in einer alten Scheune und liefen in Zivil weiter. Um nicht entdeckt zu werden, mussten sie weite Umwege in Kauf nehmen und am späten Abend, nutzte sie ihr Deutsch und bat in einem Bauernhof um Unterschlupf. Es war einer der üblichen Höfe im Umland. Angestrahlt vom Mondlicht, kam es Lydia so vor, als hätte er sich zusammengekauert. Das ausgefranste Reetdach, die Scheune, die sich wie ein Betrunkener an das Wohnhaus anzulehnen schien, und die bleichen Nebelschwaden, die sich darübergelegt hatten, ließen alles vergänglich aussehen. Lydia und der Corporal beobachteten eine Zeit lang nur, wie der leichte Wind das

Scheunentor hin- und herschwenken ließ. Es kam Lydia vor, als sei die Welt kleiner, in sich zusammengesunken, als sie an die Tür klopfte. Eine Flasche Schnaps verschaffte ihnen Einlass. Als Lydia dann noch ein kleines Paket Pulverkaffee aus dem Rucksack des Corporal geholt hatte, wurde ihnen sogar ein kleines Abendbrot zuteil. Währenddessen kam Lydia ganz zufällig auf den Doktor zu sprechen, der in der Gegend praktizierte und über eine Menge Medikamente zu verfügen schien.

»Sie meinen Dr. Rasmus? Klar haben wir von dem gehört, einige Nachbarn sind schon bei ihm gewesen.«

»Und hat er ihnen helfen können?«

»Einigen ja, hing ganz davon ab.«

»Manchen ist wohl auch selbst von einem Arzt nicht mehr zu helfen.«

»Das war es weniger, hing mehr davon ab, was sie mitgebracht hatten.«

»Sie meinen …«

»Sie verstehen, is wie immer im Leben, wer nichts hat, bekommt auch nichts.«

»Ist er sehr teuer?«

»Nun ja, wenn man einen Prachtbullen hat, verschenkt man den ja auch nicht. Gibt doch kaum Medikamente. Wie man so hört, haben selbst die Krankenhäuser fast nichts mehr.«

»Und Dr. Rasmus hat welche?«

»Wenn ich den Jarlows glaube, und das sind ehrliche Leute, hat der Doktor ein großes Lager in einer Scheune des Hofes. Sind alles Arzneimittel, die für unsere Truppe, ich mein, für die Nazis bestimmt waren.«

»NS-Arzneimittel also.«

»Hat, wie man so sagt, wohl alles, was das Herz begehrt, der gute Doktor. Is aber eben nichts für einfache Leute wie uns. Gut, dass es noch den alten Dr. Treu gibt.«

»Es gibt hier noch einen Arzt?«

»Isn alter Landtierarzt, aber wie hat mein Vater immer gesagt, was fürs Vieh gut is, kann wohl auch uns nich schaden.«

»Hat vermutlich Recht gehabt, Ihr Vater.«

»Bestimmt sogar, er is über 80 geworden und ohne dass ihm je etwas gefehlt hat. Musste ihn fast totschlagen, den Alten. Und, wollen Sie und Ihr stummer Freund noch nen Schluck?«

»Gerne, aber sagen Sie, wie weit ist es denn noch bis zum Hof von Dr. Rasmus?«

»Von hier, wenn Sie den direkten Weg gehen, noch zwei bis drei Stunden, aber ich an Ihrer Stelle würde nicht alleine dahin gehen. Habe gehört, sowohl die Russen als auch der Doktor nehmen von jungen Frauen gerne Tauschware, die ihnen nicht freiwillig gegeben wird, Sie verstehen – und nichts gegen Ihren Freund, aber der wird Ihnen da nicht helfen können.«

»Danke, ich werde daran denken.«

*Sehr geehrter Dr. Rasmus,*
*durch meinen Kollegen, Corporal Ferguson, schicke ich Ihnen eine Flasche besten schottischen Whisky aus amerikanischen Militärbeständen. Aus Gründen, die ich Ihnen gerne persönlich mitteilen möchte, würde ich Sie gerne außerhalb Ihrer Behandlungsräume treffen. Nur so viel: Ihre wissenschaftliche Kompetenz hat bei der amerikanischen Regierung Aufmerksamkeit erregt und was Ihre Vergangenheit betrifft, spielt sie für uns keine Rolle. Sollten Sie also an einer zukunftssicheren Beschäftigung interessiert sein, schlage ich vor, wir treffen uns in dem kleinen Waldstück, vor der Kreuzung, die zu Ihrem Hof führt. Sie finden mich auf dem Hochsitz, der etwa 100 m von der Straße in den Wald hinein Richtung Süden steht. Sie können sich von Corporal Ferguson begleiten lassen. Sobald Sie außer Reichweite des Hofes sind, wird er Ihnen eine Waffe übergeben. Damit dürfte für Ihre Sicherheit gesorgt sein. Sollten Sie nicht alleine kommen, ist unsere Abmachung hinfällig und meine Regierung würde die russische Führung auf ihre munter laufende, aber wie wir vermuten, illegale Praxis aufmerksam machen.*
*Mit freundlichen Grüßen*
*Dr. L. Fisher*

Fast hatte sie an einen Misserfolg geglaubt, als der Corporal auch nach drei Stunden nicht zurückgekommen war. Sie wollte sich schon auf eigene Faust zum Bauernhaus aufmachen, als sie Stimmen hörte. Nach einem kurzen Schreck erkannte sie, dass es zwei waren und bald konnte sie von ihrem Hochsitz zwei Personen ausmachen, eine davon mit dem schlurfenden Gang Fergusons. Als die Stimmen näherkamen und aus den Konturen Gestalten wurden, erkannte sie das Gesicht von Dr.Rasmus. Etwas dicker und unrasiert, aber unverwechselbar das Gesicht, das sie aus den Akten so gut kannte. Er war alleine zu ihr heraufgekommen. Bei näherer Betrachtung wirkte er gealtert. Vermutlich ging ein Krieg nicht an Menschen wie ihm spurlos vorbei. Das Erste, was ihr besonders auffiel, war eine Strähne, die vom sorgsam mit Pomade gekämmten Haar wie eine Antenne in den Himmel ragte. Es überraschte sie, dass er lächelte, aber sie bemerkte, dass das Lächeln seine Augen nicht erreichte. Sie blieben kalt und unbeweglich auf sie gerichtet. Lydia schauderte.

»Ach herrje, Sie sind eine Frau, eine Frau Doktor. Und was für eine.«

Dieser Bastard versuchte tatsächlich mit ihr zu flirten.

»Unzweifelhaft seit meiner Geburt, aber lassen wir doch die Nebensächlichkeiten beiseite. Herr Dr. Rasmus, ich bin als Vertreterin der amerikanischen Regierung gekommen.«

»Um mir einen Vorschlag zu machen. Ich weiß, ich weiß. Hat mir alles schon ihr Corporal erzählt.«

»Was hat er erzählt?«

»Dies und das, keine Angst, keine Staatsgeheimnisse. Im Wesentlichen nur, dass die amerikanische Regierung auf Brautschau mit deutschen Wissenschaftlern geht.«

Was war hier los? Wo war der deutsche Wissenschaftler, der Angst vor Bestrafung hatte und von Dankbarkeit erfüllt auf ihr Angebot eingehen würde? Was hatte sie sich gedacht? Sie hatte es mit einem Schwein zu tun, das für seine Interessen über Leichen gegangen war. Das den Krieg in den besten Kreisen überstanden hatte und jetzt schon wieder als Fettauge auf der Brühe schwamm.

»Haben Sie das gehört? So, ich hoffe, dass Sie sich davon nicht zu viel versprechen.«

»Nicht doch, nicht die strenge Tour, nicht dass ich etwas dagegen hätte, aber ...«

»Ok, hören Sie mir gut zu, entweder Sie lassen Ihre Andeutungen oder das Gespräch ist genau hier beendet.«

»Meine Liebste, glauben Sie, das würde Ihren Vorgesetzten gefallen?«

»Corporal Ferguson, come on, it`s over.«

»Nun mal langsam. Ich sag ja nicht, dass ich nicht interessiert wäre.«

»Das Gespräch ist beendet.«

»Vielleicht vergessen Sie, dass ich noch eine zweite Wahl habe.«

»Ach, die Waffe des Corporals?«

»Reden wir über das, was Ihre Vorgesetzten von Ihnen erwarten oder ich nehme Sie und Ihren kleinen Corporal mit zum Hof und ...«

»Vielleicht sollten Sie das nächste Mal kontrollieren, ob es sich nicht um Platzpatronen handelt.«

»Das glauben Sie doch selber nicht.«

»Im Gegensatz dazu ist diese Waffe ...«

Er hatte es tatsächlich getan. Mit einem abfälligen Grinsen hatte er den Lauf auf sie gerichtet und abgedrückt. Als die leise Explosion des Zündpulvers kein Projektil fand, reagierte Dr. Rasmus anders als sie es erwartet hatte. Hätte er auch nur die leisesten Anstalten gemacht, ihr die Waffe zu entreißen, nicht der Bruchteil einer Sekunde wäre verstrichen und Dr. Rasmus Geschichte wäre hier auf diesem Hochsitz beendet gewesen. Von ihr, sie hätte ihn getötet, ohne jegliche Gewissensbisse. Die Klarheit traf sie wie ein Blitz. Sie war enttäuscht, dass er ihr nicht die Gelegenheit gegeben hatte. Stattessen hatte er die Waffe weggeworfen und ihr ins Gesicht gestarrt.

»Was nun, wollen Sie mich erschießen?«

»Und wenn?«

»Nur zu, ich habe keine Angst vor dem Tod, habe ich nie gehabt. Aber ich weiß auch, was ich wert bin und auch das habe ich immer gewusst. Also?«

»Fakt ist, Sie wollten mich erschießen. Ich glaube kaum, dass das Ihre Chancen bei meinen Vorgesetzten steigern dürfte.«

»Und ich glaube, nein, ich bin sicher, dass es genau keinen Unterschied macht.«

Er hatte Recht und sie wusste es. Für den Colonel und die anderen zählte nur, welchen Wert er für sie hatte. Selbst wenn er sie erschossen hätte, wäre einer ihrer Kollegen gekommen, um ihm exakt das gleiche Angebot zu machen.

»Ok, was haben Sie anzubieten?«

»Umfangreiche Erkenntnisse im Fachgebiet Höhenflüge. Aber wenn Sie mehr erfahren wollen, bringen Sie mich mit Ihren Vorgesetzten zusammen. Ich werde nicht mit jemandem verhandeln, der die Drecksarbeit macht und zudem noch eine Frau ist, wie gut Sie auch aussehen mögen.«

Da war es wieder, sein überhebliches Lächeln. Wie konnte das sein? Sie hatte die Pistole, er war ein gesuchter Naziverbrecher und doch fühlte er sich überlegen. Es war, als umgebe ihn ein Mantel aus Arroganz, der ihn vor allen Selbstzweifeln schützte. Sie hätte ihn erschießen sollen.

Der Rückweg war ohne Probleme gewesen. Sie waren zu dritt und dieses Mal ohne Panne durch die Sektoren gekommen und Lydia genoss es, den Doktor, als sie angekommen waren, verhaften zu lassen, auch wenn sie wusste, dass dieser Triumph nur von kurzer Dauer sein würde. Wenigstens eine Nacht musste der Bastard in einer Zelle verbringen.

### Berlin 1945 Büro des Colonels (JIOA)

»Sie haben es geschafft, herzlichen Glückwunsch. Dr. Rasmus ist auf unserer Seite.«

»Noch nicht ganz, ich glaube, er erwartet ziemlich viel von uns.«

»Wenn er auch nur zur Hälfte das zu bieten hat, was wir erwarten, kann er das auch.«

»Was ist mit seiner Aktion, mich zu töten, ganz zu schweigen von seinen Aktivitäten in Dachau?«

»Gut, dass Sie das ansprechen. Wir wissen, Sie hatten eine anstrengende Reise, aber wären Sie trotzdem heute Nacht noch in der Lage, ein Dossier über die Taten anzufertigen?«

»Auf jeden Fall, vieles habe ich schon ausgewertet, aber einige Fakten müsste ich noch überprüfen. Aber morgen, zum ersten Verhör, werde ich alles zusammengestellt haben.«

»Sehr schön, dann können wir sicher sein, dass er es sich nicht noch einmal anders überlegt. Wenn Sie mit dem Dossier fertig sind, sollten Sie erst einmal ausschlafen.«

»Ich versichere Ihnen, das wird nicht notwendig sein, ich werde morgen frisch bei dem Verhör erscheinen.«

»Lydia, Sie haben es vielleicht nicht richtig verstanden. Nach dem, wie Ihre Begegnung verlaufen ist, wäre es nicht zielführend, Sie in diesem Fall zugeteilt zu lassen.«

»Woher wissen Sie das? Oh, mein Gott, Ferguson.«

»Ja, ja, Geheimagent Ferguson.«

Wie gerne hätte Lydia dem Colonel in diesem Moment in die gelben grinsenden Zähne geschlagen.

»Verdammt!«

»Lydia, meine liebe Lydia ...«

»Dr. Fisher, ich heiße Dr. Fisher.«

»Nun, wie auch immer, regen Sie sich bitte nicht auf und bleiben Sie realistisch. Haben Sie wirklich geglaubt, eine so wichtige Transaktion würden wir in die Hände einer ..., nur einer Person legen?«

Das kurze Zögern, sie wusste, es war Absicht – in die Hände einer Frau legen – das war es, was er gesagt hatte, auch wenn es nicht über seine Lippen gekommen war. Jetzt verstand sie. Nicht sie hatte die Aktion geleitet. Der eigentliche Leiter der Operation war der so harmlos aussehende Corporal Ferguson, der, genau wie sie, zweisprachig aufgewachsen war und zu den verdeckten Ermittlern des Pentagon gehörte. Deswegen hatte Ferguson auch nicht eingegriffen, als es auf dem Hochsitz brenzlig wurde. Er war nur auf den Erfolg der Aktion bedacht, ihr Leben war ihm scheißegal gewesen. Er hätte, wenn sie getötet worden wäre, in aller Ruhe auf den Doktor gewartet und ihm sein Angebot unterbreitet. Sie selbst war nur eine Marionette gewesen. Sie fühlte sich merkwürdig hohl.

Man hatte ihr den Fall inzwischen offiziell entzogen, und der Colonel, darüber bestand für Lydia kein Zweifel, hatte dafür gesorgt, dass sie zwei Tage nach ihrer Auseinandersetzung einen Brief erhalten hatte, mit der Order, umgehend ins Pentagon zurückzukehren.

**Geheime Staatspolizei Berlin 13.06.1942 um 12:55 Uhr**

»Ich sollte mich um 14 Uhr beim Reichsführer SS melden.«

»Der Herr Reichsführer ist noch nicht zugegen.«

»Wann ist denn mit seinem Kommen zu rechnen?«

»Das kann ich leider nicht sagen.«

»Wo hält er sich denn gerade auf?«

»Ich bin nicht befugt, darüber Auskunft zu geben.«

»Sie sind neu hier?«

»Ich bin lange genug die Privatsekretärin des Herrn Reichsführer, um zu wissen, dass ich nur seine Anweisungen aufs Genaueste befolge.«

»Was ist denn mit Frau Potthast?«

»Darüber kann ich leider keine Auskunft geben.«

»Es scheint mir, Sie können über gar nichts Auskunft geben.«

»Doch, Sie können sich gerne im Flur auf einen der Stühle setzen und auf den Herrn Reichsführer warten.«

»Das werde ich tun und noch ein guter Rat, Sie sollten in Zukunft besser darauf achten, wie Sie mit mir reden.«

»Dr. Rasmus, der Reichsführer hat angerufen und lässt Ihnen mitteilen, dass er direkt in den Vorführraum kommt. Sie sollen sich ebenfalls dorthin begeben.«

»Wie komme ich dahin?«

»Sie gehen am Ende des Flurs nach rechts, bis zum Treppenhaus. Von da in die nächste Etage. Oben wenden Sie sich nach links und gehen bis zum Ende, dort befindet sich der Vorführraum.«

»Informationsweitergabe.«

»Wie meinen?«

»Sie können es doch, gerade haben Sie genau das getan, wofür Sie eingestellt worden sind. Sie werden rot, das steht Ihnen aber gar nicht. Ich wünsche einen schönen Tag!«

»Ah, Dr. Rasmus kommen Sie rein.«

»Heil Hitler, Herr Reichsführer.«

»Na na, nicht so förmlich.«

»Herr Reichsführer.«

»Trinken Sie erst einmal etwas, Sie sehen, die anwesenden Herren sind schon bestens versorgt.«

»Danke, gerne.«

»Ich soll Ihnen einen Gruß von Dr. Strughold ausrichten, er ist mit einem Sonderauftrag unterwegs und weiß nicht, ob er es noch schafft.«

»Das ist bedauerlich.«

»Ach wissen Sie, das macht nicht viel, er hat den Film schon zweimal mit mir gesehen. Viel wichtiger ist es, die Herren Offiziere von der Luftwaffe von der Notwendigkeit und dem Gewinn Ihrer Forschungen zu überzeugen.«

»Die Unterdruckkammer haben sie jedenfalls zur Verfügung gestellt.«

»Sehen Sie und damit Sie nicht auf die Idee kommen, die Unterdruckkammer zurückzufordern, zeigen wir Ihren kleinen Film. Ach ja, mit der Vorführung hier soll auch Ihre endgültige Abordnung von der Luftwaffe zur SS besiegelt werden.«

»Ich verstehe, vielen Dank. Wann soll ich mit den Erklärungen zur Versuchsanordnung beginnen?«

»Lassen Sie uns noch etwas warten, der Oberst ist schon bester Laune. Noch ein, zwei Champagner und wir bekommen nach dem Film alles von ihm.«

»Brandt?«

»Herr Reichsführer?«

»Kontrollieren Sie, dass das kalte Buffet nach dem Film auch wie geplant bereitsteht.«

»Jawohl, Herr Reichsführer.«

»Nun, Rasmus, bevor wir anfangen, berichten Sie mir doch kurz, wie Sie weiter vorzugehen gedenken.«

»Durch die neuesten Versuche konnten wir die Flughöhe, ab der es gefährlich wird, ziemlich genau bestimmen, damit sind wir aber wieder bei dem ursprünglichen Problem.«

»Sie meinen, wie können wir unsere Jungs angemessen schützen?«

»Herr Reichsführer, das ist genau das Problem, an dem ich gerade arbeite.«

»Ich habe gehört, der ehemals führende Experte auf dem Gebiet der Materialforschung sitzt derzeit in Dachau ein.«

»Sie wissen davon?«

»Mein lieber Rasmus, das gehört zu meinen Aufgaben.«

»Natürlich!«

»Ist dieser Dr. Levi Goldblum nicht ein ehemaliger Kollege von Ihnen, der wie ich gehört habe, bedauerlicherweise ein Jude ist?«

»Das stimmt, doch seine Mitarbeit könnte uns der Lösung des Problems ein gutes Stück näherbringen.«

»Und wird er kooperieren?«

»Davon bin ich überzeugt, Dr. Goldblum ist mit Haut und Haaren Wissenschaftler. Und sollte dieser Anreiz nicht genügen, habe ich als Trumpf seinen Sohn in der Hinterhand.«

»Na ja, Sie werden es schon richtig machen und in diesem Fall heiligt der Zweck eben die Mittel. Vor allem, weil ich mich darauf verlassen kann, dass Sie Goldblum nach getaner Arbeit seiner rechtmäßigen Bestimmung zuführen werden.«

»Selbstverständlich, Goldblum wird ...«

»Guter Mann, oh sehen Sie? Der Oberst spielt einen seiner Einsätze aus dem letzten Krieg nach. Wir sollten beginnen, bevor er auch noch anfängt zu singen.«

**Konzentrationslager Dachau 1942 Tagebuch Dr. Levi Goldblum**
**Eintrag 1**

*Ich glaube, es ist Montag. Ich weiß nicht genau, welches Datum es ist. Als ich hier angekommen bin, war es Anfang Mai, aber seitdem ich in Einzelhaft bin, sind die Tage immer gleich und eintönig, aber ich vermute, es ist inzwischen Ende August. Die Zeit hier ist ein zäher Strom, der an mir vorüberzieht, ohne jemals innezuhalten. Der einzige Augenblick, in dem er kurz zerreißt, ist, wenn einer der Wärter mir das Essen bringt oder wenn während der Rundgänge einer der*

*Wächter kurz die Zelle aufschließt und ohne ein Wort kurz den Raum betritt, sich umsieht und wieder geht. Keiner der Wärter will mir darüber Auskunft geben, welches Datum wir haben, nicht einmal Albert. Trotzdem hoffe ich immer, dass Albert, ein junger Mann, fast noch ein Kind, mir mein Essen bringt. Ein wenig erinnert er mich an meinen Jakob ben Levi. Hölzern in den Bewegungen, aber ein Gesicht, das noch weich ist. Noch ist es ihnen nicht gelungen, ihre Ideologie in seine Züge zu meißeln. Sie haben Alberts Herz noch nicht erreicht, seine Seele noch nicht in Gehorsam eingemauert. Noch sind seine Gedanken die eines Schmetterlings, schön und frei. Fast ist es zum Lachen, immer versucht er hart auszusehen, selbst, als er mir heimlich Papier und einen Stift zugesteckt hat, schaute er drein, als wolle er gleich in den Krieg ziehen. Wie unpassend meine Gedanken manchmal sind, jederzeit kann ihn dieses Schicksal erwarten. Er war es, der mir gesagt hat, dass der Lagerkommandant als begeisterter Flieger für mich als ehemaligen Luftfahrtingenieur Einzelzelle und gute Behandlung angeordnet hat. Trotzdem hat mich Albert gebeten, das Papier und den Stift nur zu benutzen, wenn keine der anderen Wachen zusieht, denn er ist sich nicht sicher, ob dies noch unter gute Behandlung fallen würde. Ich habe ihm versprochen, ihn auf keinen Fall zu verraten. Ich solle einfach gut aufpassen, denn wenn sie etwas wissen wollen, bekommen sie es auch heraus. Nach allem, was ich schon erlebt habe, hat er vermutlich recht. Auch wenn das Licht nach meinem Gefühl noch etwas an bleiben müsste, stecke ich das Papier in den Fugenspalt, der frei geworden ist, nachdem ich alle Fugen mit meinem Löffel abgeklopft habe und den Hohlraum entdeckt habe. Jetzt brauche ich nur den Mörtelklumpen wieder in die Fuge zu drücken und mein Geheimnis ist kaum zu entdecken.*

### Dachau 1942 im Büro von Dr. Rasmus

»Haben Sie ihm das Papier gegeben?«

»Alles wie befohlen.«

»Und? Hat er Ihnen den liebenswerten Jungen abgekauft?«

»Kein Problem, es ist wie Sie gesagt haben. Er scheint in mir Ähnlichkeit mit seinem Sohn zu erkennen.«

»Das hatte ich mir gedacht.«

»Entschuldigen Sie bitte?«

»Ach nichts! Und die Präparierung der Zellenwand?«

»Hat auch funktioniert, habe wie befohlen ein Stück Fuge aus der Wand heraus hauen lassen und dann mit einem vorbereiteten Stück Beton ...«

»Sie meinen Mörtel?«

»Bitte?«

»Schon gut, fahren Sie fort.«

»Wie gesagt, der Maurer hat extra ein Stück Beton angefertigt, das genau in die Fuge passte und die Öffnung verdeckte.«

»Und Dr.Levi Goldblum?«

»Der hat sofort, nachdem ich ihm die rührselige Nummer vom ängstlichen Wohltäter vorgespielt habe, nach einem Versteck gesucht und wie geplant die vorbereitete Maueröffnung gefunden. Wie dumm diese Juden doch sind!«

»Nach Ihrer Meinung habe ich Sie nicht gefragt.«

»Jawohl, entschuldigen Sie bitte.«

»Und noch eins, lassen Sie die Aufzeichnungen des Doktors unberührt. Ich werde Sie informieren, wann wir uns Zugriff verschaffen. Sie können jetzt gehen.«

»Jawohl Herr Doktor!«

### Pentagon, 03.04.1947 Zentrale (JIOA) Büro des Colonels

»Colonel, Sie wollen also wirklich auch diese Akte fälschen?«

»Lydia, oh Entschuldigung, Dr. Fisher. Wir hatten das doch schon; wir werden lediglich leichte Korrekturen vornehmen.«

»Sie machen aus einem Massenmörder einen ehrbaren Arzt, der nur seine Pflicht getan hat?«

»Kann man das nicht auch anders sehen? Dieser Mann hat alles dafür getan, um sein Land voran zu bringen. Das würde manchen von uns auch gut zu Gesicht stehen.«

»Und was ist mit Dr. Goldblum?«

»Was soll mit ihm sein?«

»Verdammt, haben Sie denn nicht seine Aufzeichnungen gelesen?«

»Natürlich.«

»Und?«

»Ein weiteres bedauernswertes Opfer.«

»Sonst nichts?«

»Sonst nichts!«

»Ich habe mich geirrt. Sie sind kein Zyniker, Sie sind ein Schwein. Erklären Sie das doch mal seinem Sohn.«

»Ein Schwein also. Sie haben es immer noch nicht verstanden, oder? Dieser Mann hat nicht aus ideologischen Gründen getötet, er hat nur notwendige Experimente durchgeführt.«

»Und zwar nicht an Freiwilligen, sondern an Juden, die unter brutalsten Bedingungen durch diese, wie Sie es nennen, Experimente, ermordet wurden.«

»Das ist bedauerlich, hat aber der Wissenschaft einen ungeheuren Dienst erwiesen. Das können wir nun einmal nicht außer Acht lassen. Manchmal heiligt der Zweck eben die Mittel.«

»Oh ja, das haben diese Männer auch gesagt und sind damit durchgekommen. Sie werden sich gut mit Ihnen verstehen, wenn Sie sie für die Eingliederung in das amerikanische Leben vorbereiten. Echte Amerikaner, wie Sie einer sind, aus ihnen machen.«

»Raus!«

### Pentagon 04.04.1947 Zentrale (JIOA) Büro Dr. Carpenter

»Dr. Fisher, kommen Sie rein.«

»Guten Morgen Dr. Carpenter.«

»Ich habe von der Auseinandersetzung mit dem Colonel gehört.«

»Sir?«

»Er hat mir berichtet, Sie hätten ihm Vorhaltungen gemacht und ihn sogar beschimpft.«

»Wenn er das so sehen mag?«

»Sie haben ihn als Schwein beschimpft, stimmt das?«

»Ich glaube, das Wort ist gefallen.«

»Wie kam es dazu?«

»Ich habe versucht, meine Vorbehalte gegen einige unserer Zielpersonen zu äußern, aber er war nicht interessiert.«

»Warum auch?«

»Sir?«

»Ich dachte, Sie hätten es bereits in Deutschland begriffen, ...«

»Aber sie haben ohne Skrupel das Leben aus ihren Opfern herausgequetscht.«

»Ich wiederhole mich nur noch einmal, Ihre Aufgabe besteht darin, die schwierigen Passagen aus den Lebensläufen unsrer Zielpersonen zu entfernen. Die jeweiligen Anpassungen übernimmt der Colonel und daran haben Sie sich zu halten.«

»Und das war es?«

»Genau das, und enthalten Sie sich weiterer Äußerungen oder wir müssen Sie als Sicherheitsrisiko einstufen. Sie können gehen.«

Damit würden sie nicht durchkommen. Seit der Colonel zurück aus Deutschland war, hatte er sie gedemütigt, sie von allen wichtigen Sitzungen ausgeschlossen und zur Schreibkraft degradiert, die nur dazu da war, die von ihm vorgenommenen Lebenslaufänderungen zu tippen und die belastenden Passagen aus den Akten zu entfernen. Sie hatte sich gefügt, wollte nicht noch weiter in der Gunst ihrer Vorgesetzten sinken, wenn das überhaupt noch möglich war. Bis zu dem Augenblick, als er ihr mit einem süffisanten Grinsen die Akten von Dr. Rasmus auf den Schreibtisch gelegt hatte.

»Hier, ein alter Bekannter, ach, da fällt mir ein, ich sollte Ihnen einen schönen Gruß von Dr. Rasmus ausrichten.«

Sie hatte sich nichts anmerken lassen. Hatte angefangen, den Lebenslauf zu tippen und die Akten zu bereinigen. Dabei war sie auf die Tagebucheinträge von Dr. Goldblum gestoßen. War sich klar geworden, dass hinter jedem Opfer eine Geschichte stand, über die einfach hinweggegangen wurde. Sie hasste, was sie tat, wollte keine Schreibkraft mehr sein, wollte wieder eine anspruchsvolle Arbeit und sie wollte ihr Gewissen nicht länger unter den Plattitüden ihrer Vorgesetzten und ihrem eigenen Ehrgeiz begraben lassen. Also hatte sie nicht länger geschwiegen. Resultat: Carpenter drohte ihr. Sie wusste, was es hieß, ein Sicherheitsrisiko zu sein. Trotzdem, sie würde ihren Plan in die Tat umsetzen.

**Dr. Jakob ben Levi Goldblum**
144 Bruckner Boulevard Bronx,
NY 10454

*Washington D.C., den 25.04.1947*
*Sehr geehrter Herr Dr. Goldblum,*
*mein Name ist Dr. Fisher und ich arbeite für das Pentagon.*
*Durch Zufall bin ich im Rahmen meiner Tätigkeit auf Tagebuchaufzeichnungen Ihres Vaters Dr. Levi Goldblum gestoßen, die er während seiner Inhaftierung in Dachau gemacht hat. Ich würde mich gerne mit Ihnen treffen, um sie Ihnen zu zeigen und mit Ihnen eine sensible Angelegenheit besprechen.*
*Bitte haben Sie keine Angst, es handelt sich hier nicht um einen Erpressungsversuch, ich möchte lediglich verhindern, dass geschehenes Unrecht durch weiteres Unrecht verhöhnt wird.*
*Ich schlage vor, wir treffen uns, um weitere Einzelheiten persönlich zu besprechen. Um Ihnen Unannehmlichkeiten zu ersparen, würde ich nach New York kommen. Was halten Sie von einem Treffen in einem kleinen Restaurant, das ich am Central Park kenne? Wie wäre es am nächsten Donnerstag um 17 Uhr? Wenn Sie einverstanden sind, schicken Sie mir doch ein kurzes Telegramm. Ich würde dann Plätze reservieren und Ihnen die Adresse zukommen lassen.*
*Dr. L. Fisher*
*P.S. Sollten Sie zu einem Treffen bereit sein, bringe ich die Aufzeichnungen Ihres Vaters mit.*

**Konzentrationslager Dachau 1942 Tagebuch Dr. Levi Goldblum**
**Eintrag 2**
*Wenn gestern Montag war, ist heute Dienstag. Alles ist wie immer. Das bisschen Helligkeit, das durch die Dachluke dringt, sagt mir, dass es noch recht früh ist. Mir ist kalt, auch wenn noch August ist. Doch es*

kann sein, dass es der quadratische weißgetünchte Raum ist, der mich immer wieder frösteln lässt. Die einzigen Punkte, die den Eindruck, in einem Karton eingesperrt zu sein, brechen, sind die stählerne Tür und das willkommene Licht, das allerdings durch ein stark milchiges Glas gefiltert wird und den Anschein erweckt, als sickere lediglich Neonlicht in die Zelle. Weiß, alles ist weiß, die Tünche ist so dick, dass sie an der Türöffnung und an allen Kanten Wulste gebildet hat. Warum der Raum immer neuer Farbe bedurfte, möchte ich mir nicht ausmalen. Aber die Geräusche, die aus den Zellen in der Nähe bis zu mir gelangen, lassen es mich erahnen. Ich denke schon wieder an Jakob ben Levi, es war nicht recht von ihm, aber ich hätte darüber hinwegsehen müssen. Schließlich war ich es, der ihm die Reise ermöglicht hat. Aber musste er unbedingt mit dieser Frau reisen, das Collier seiner Mutter verkaufen, um einer Tingel-Tangel-Barfrau die Überfahrt nach Amerika zu finanzieren? Nicht einmal vorgestellt hat er sie mir. In seinem letzten Brief hat er geschrieben, er würde sie heiraten und dass ich gar nicht erst versuchen sollte, ihm das auszureden. Das war es gewesen, ich war zu stolz, ihm noch einmal zu schreiben. Aber er hat auch keinen Versuch mehr gemacht. Es scheint, als sei das 100 Jahre her. Und doch wiegt die Last der Schuld und das Versäumnis jeden Tag schwerer. Jakob ben Levi, ich wünschte, du wüsstest, was ich denke und wie sehr ich unseren Streit bereue. Heute würde ich dir einfach sagen, nichts ist schlimmer, als ein junger Esel, ausgenommen ein alter, dir auf die Schultern klopfen und dann dich und deine Frau in den Arm nehmen. Ich frage mich, weiß er Bescheid, hat die Wahrheit ihren Weg schon über den großen Ozean gefunden? Obwohl, was wissen denn die normalen Bürger hier? Können sie etwas wissen, können sie dies alles hier daraus schließen, dass ich und andere aus den Häusern geholt und abtransportiert wurden? Ist die menschliche Phantasie groß genug, sich das hier vorzustellen? Was, wenn er es weiß? Ich wollte, er würde denken, ich sei tot, das würde ihn vor dem Gefühl der Hilflosigkeit befreien. Trauer lässt irgendwann nach, Hilflosigkeit und Unsicherheit bleiben einem, solange sie nicht durch Fakten abgelöst werden. Und eine dieser Fakten wird sein, ich werde dies hier nicht überleben. Sich ein Wunder vorzustellen,

*dazu fehlt mir die Phantasie. Also kann Jakob ben Levi auch sofort den-*
*ken, ich sei tot. Jakob ben Levi, mein lieber Sohn, denke, ich sei tot und*
*mach dir keine Vorwürfe, ich bin an allem schuld. Er ist nicht hier und*
*dies ist kein Brief, vielleicht habe ich Glück und verliere den Verstand.*
*Was bliebe dann? Ein Nichts an Erinnerung, Unfähigkeit, dies alles zu*
*erfassen. Doch was, wenn Schmerzen blieben, was für eine unsagbare*
*Pein, gequält zu werden, ohne zu wissen, warum. Nein, ich will meinem*
*Schicksal nicht blind und schwachsinnig begegnen. Ich höre etwas, die*
*Wachen wechseln, gleich werden sie ihre kleine Parade abhalten, sich*
*kurz befehlsmäßig anschreien und die Nachtschicht hat Feierabend. Jetzt*
*kommt wieder das lange Warten. Nach der Wachablösung bis nach dem*
*letzten Rundgang ist es zu gefährlich zu schreiben, die Rundgänge sind*
*nicht verlässlich und ich will auf keinen Fall Albert in Gefahr bringen.*

**Eintrag 3**
*Wieder ist eine Nacht verstrichen, die dunklen Dämonen und ihre*
*wirklichen Abbilder haben mich nicht schlafen lassen. Es scheint heute*
*Nacht irgendetwas vorgegangen zu sein. Trotz meiner Abgeschiedenheit*
*spürte ich die Vibrationen und die Geschäftigkeit, die alles um mich*
*herum in Aufregung versetzt zu haben schien. Und es ist noch nicht*
*vorbei, es ist lauter als sonst, ich kann Appelle hören, die sonst*
*nicht stattfinden, es wird marschiert und mehr geschrien als sonst.*

**Eintrag 4**
*Jetzt weiß ich es. Heute Abend hatte Albert Dienst und er hat es mir*
*gesagt. Himmler wollte kommen, um das Lager zu inspizieren. Es war*
*fast niedlich, wie Albert sich darüber aufgeregt hat: »So ein Brimborium*
*nur für eine Person, alles über Kopp und nichts an seinem Platz. Genau*
*wie vor einem Jahr, als seine Frau und die hochwohlgeborene Tochter*
*das Lager besucht haben, als hätten wir nichts Besseres zu tun.«*
*Eigentlich ist es traurig, aber für mich ist das Ganze eine Abwechslung,*
*vor allem, nachdem mir Albert von der Unterdruckkammer und ir-*
*gendwelchen Versuchen erzählt hat, denen Himmler beiwohnen wollte.*
*Albert wusste nicht, was für Versuche, er meinte nur Versuche, die*

*irgendetwas mit dieser Druckkammer zu tun haben, die seit kurzem auf dem Gelände steht. Er wusste nicht, was eine Druckkammer ist und ich habe es dabei belassen. Ich kann mir in etwa vorstellen, warum sie hierhergebracht worden ist. Es gibt viele Freiwillige und keine Regeln. Hier zählt ein Menschenleben nichts. Wenn schon der Abgesandte des Teufels kommen wollte, um bei einem Versuch dabei zu sein, sind vermutlich einige meiner ehemaligen Kollegen hier. Wie lange sie darauf gewartet haben, endlich Vermutungen und Ergebnisse aus Tierversuchen an menschlichen Versuchskaninchen zu überprüfen. Doch in der einstmals normalen Welt standen Menschenleben über beruflichem und forscherischem Ehrgeiz. Ein trauriges, dunkles Gefühl macht sich in mir breit, Forschung um jeden Preis. Was, wenn ich nur deswegen hier bin, ich nur aus diesem Grunde noch am Leben und in Einzelhaft bin? Es gibt immer einen Grund, und ein Lagerkommandant, der luftfahrtbegeistert ist, das hätte mir gleich auffallen müssen. Ein KZ-Kommandant mit menschlichen Regungen, ich sollte langsam hier und in der Realität ankommen. Aber worauf warten sie noch, was lässt sie zögern? Vielleicht fehlt noch etwas, eine Person, auf die sie warten? Himmler vielleicht, der ist ja jetzt doch nicht gekommen und ich bezweifle, dass er mich kennt. Was also ist es? Es ist auch egal, ich werde auf keinen Fall mit ihnen zusammenarbeiten, Jakob ben Levi soll sich nicht für seinen Vater schämen müssen.*

**New York, den 02.05.1947, in einem kleinen Restaurant nahe dem Centralpark**

»Herr Dr. Goldblum, es freut mich, dass Sie gekommen sind.«

»Ehrlich gesagt, war ich mir nicht sicher, ob ich kommen sollte.«

»Ich war mir auch nicht sicher, ob Sie kommen würden, aber wie gesagt, schön, dass Sie da sind. Aber nehmen Sie doch Platz.«

»Da ist der Ober, vielleicht sollten wir das mit den Bestellungen zuerst erledigen.«

»Für mich bitte nur ein Wasser.«

»Für mich ein Budweiser.«

»So, jetzt können wir reden. Ich bin neugierig. Was hat Sie bewogen, meiner Einladung nachzukommen?«

»Da gab es mehrere Gründe. Erstens, meine Frau hat mir zugeraten, sie hat gesagt, sie und ihre Mutter wüssten ja, wo ich bin und was soll schon in einem öffentlichen Lokal passieren?«

»Sich abzusichern ist nur vernünftig.«

»Na ja, wenn Sie es so sagen, es stimmt schon und es kommt ja nicht jeden Tag vor, dass sich das Pentagon bei einem mit Nachricht über den verschollenen Vater meldet.«

»Bevor wir weitermachen, muss ich Ihnen die traurige Nachricht machen, dass Ihr Vater nicht mehr als verschollen gilt, es ist inzwischen gesichert, dass er in Dachau umgebracht wurde. Es tut mir leid!«

»Wissen Sie, wenn überhaupt, war es nach den Nachrichten, die nach dem Krieg aus Deutschland gekommen sind, nur der Widerhall von Hoffnung, der in mir noch lebendig war, aber in meinem Herzen war Vater eigentlich schon lange tot.«

»Wann haben Sie ihn das letzte Mal gesehen?«

»Das war am 24.05.1933, der Tag meiner Abreise nach Amerika.«

»Aber warum ist Ihr Vater nicht mitgegangen, er musste doch schon von seiner drohenden Entlassung gewusst haben?«

»Meine Großeltern waren zu alt, um zu emigrieren und er war nicht bereit, sie alleine zu lassen. Trotzdem wollte er auf jeden Fall, dass ich in den USA studiere. Das war schon vor der Machtübernahme der Nazis geplant und in die Wege geleitet.«

»Und für ihn war es dann irgendwann vermutlich zu spät.«

»So war es wohl. 1941 hat mir meine Großmutter noch einmal geschrieben. Mein Großvater war abgeholt worden und auch sie wartete jeden Tag darauf.«

»Und Ihr Vater?«

»Von dem hat sie geschrieben, dass er sich jetzt endlich auf den Weg gemacht habe. Wohin genau er wollte, hat sie, vermutlich um ihn zu schützen, nicht geschrieben.«

»Wir wissen, dass er am 4. Mai 1942 im Konzentrationslager Dachau als Insasse registriert wurde, welchen genauen Weg er vorher genommen hat, ist nicht bekannt.«

»Irgendwie ist das auch nicht mehr wichtig. Als wir bis

Kriegsende keinerlei Nachricht bekommen haben, sind wir natürlich vom Schlimmsten ausgegangen, wobei ich dankbar bin, jetzt endgültige Klarheit zu haben.«

»Vielleicht sollten wir dann jetzt zum eigentlichen Grund für unser Treffen kommen.«

»Oh, hören Sie, Lili Marleen, das habe ich seit Kriegsende nicht mehr gehört.«

**Konzentrationslager Dachau 1942 Tagebuch Dr. Levi Goldblum**
**Eintrag 5**

*Sie spielen das Lied über Lili Marleen, es ist also schon wieder so weit, seit ein paar Tagen hören die Soldaten des Nachtdienstes immer dieses Lied. Erst dachte ich, es käme aus dem Rundfunk, aber die Schallplatte hakt immer an derselben Stelle. Vermutlich hat einer der Offiziere ein Grammophon im Mannschaftsraum aufgebaut und lässt immer zur gleichen Zeit dieses Lied spielen. Es ist ein kitschiges Lied, voller Romantik, trotzdem macht es mich immer traurig. Die Zeile »wollen wir uns wiedersehen« erinnert mich an Jakob ben Levi. Ihn werde ich nicht wiedersehen. Wer weiß, an wen die Wachen denken, wenn sie das Lied hören. Auch sie sind Menschen, vermissen irgendjemanden oder irgendetwas, auch wenn ich bei Hermann menschliche Züge kaum mehr zu erkennen vermag. Jedes Mal, wenn er meine Zelle betritt, fühle ich seinen abgrundtiefen Hass. Manchmal murmelt er so etwas wie: Einen wie dich müsste man ..., scheiß Juden, alle erschießen. Hat nicht auch er eine Mutter, Freunde, Familie? Ob jemals bei ihm der Ekel der Erkenntnis ankommen wird? Zum Glück ist da noch Albert, obwohl ich ihn in den letzten Tagen nicht mehr gesehen habe. Ich hoffe, er hat Urlaub und ist nicht strafversetzt worden. Was wenn einer seiner Kameraden mitgehört hat, als er über Himmler gelästert hat, das könnte Ostfront oder Schlimmeres für ihn bedeuten.*

**Eintrag 6**

*In den letzten Tagen konnte ich nicht schreiben. Ich hatte starke Magenschmerzen. Wie froh ich bin, eine eigene Latrine in der Zelle zu haben. Auch wenn der stille Zeuge meiner Notdurft oft nicht flüchtig genug gewesen sein mag und mein Tun verraten haben mochte, ich hatte Glück, selbst in meiner prekären gesundheitlichen Lage hat mich keine der Wachen bei der Verrichtung gestört. Ich bin sicher, dass auch diese Glückssträhne nicht anhalten und mir auch diese Demütigung noch zu Teil werden wird, aber solange sie anhält ...*

## Dachau 1942 im Büro von Dr. Rasmus

»Herr Dr. Rasmus?«

»Haben Sie ihn, wie befohlen, weiter observiert?«

»Jawohl Herr Doktor, er hat keine Ahnung, dass wir ihn von oben beobachten.«

»Wie ist er mit den Bakterien zurechtgekommen?«

»Drei Tage Dünnpfiff.«

»Ah ... und hat er währenddessen sehr gelitten?«

»Kann ich nicht genau sagen, aber gegessen hat er in der Zeit nichts und heute Morgen ist er das erste Mal wieder aufgestanden und hat eine Zeit am Tisch gesessen.«

»Sehr gut, heute Nachmittag werden Sie Dr. Goldblum für eine Untersuchung in die Krankenstation bringen lassen. Und währenddessen lassen Sie eine Abschrift seiner Aufzeichnungen machen.«

»Und die Gefahr, dass er es merkt?«

»Ist einkalkuliert, natürlich versuchen wir den Schein aufrecht zu erhalten und Sie legen die Bögen genauso zurück, wie Sie sie vorgefunden haben. Verstanden?«

»Jawohl.«

»Noch eins, ab morgen lassen Sie den Gefangenen jeden Nachmittag eine kurze Runde auf dem Wärterpausenhof machen, solange Sie eben brauchen, die neuesten Aufzeichnungen abzuschreiben.«

»Soll ich inzwischen wieder den Dienst bei dem Gefangenen persönlich versehen?«

»Nein, auf keinen Fall, noch ein paar weitere Tage ohne den Zuspruch des lieben Albert sollen ihre Wirkung tun.«

»Und dann?«

»Dann werde ich mich als Ersatz für Sie anbieten.«

## Konzentrationslager Dachau 1942 Tagebuch Dr. Levi Goldblum

### Eintrag 7

*Sie haben mich in den Krankenflügel gebracht und mich untersucht. Sie haben alles getestet, sogar eine Stuhl- und Urinprobe haben sie entnommen. Ob es etwas mit meiner Magenverstimmung zu tun hat? Aber warum dann heute, wo es mir wieder besser geht? Und warum sollten sie Interesse an meinem Befinden haben? Auf dem Weg zur Krankenstation bin ich an einigen Blöcken des Lagers vorbeigekommen und habe andere Gefangene gesehen. Mein Wärter hat strikt darauf geachtet, dass ich nicht in Kontakt mit anderen Häftlingen getreten bin. Es war dennoch eine Abwechslung, nicht immer nur das Wachpersonal zu sehen. Was für eine ...*

### Eintrag 8

*Es ist schon wieder Montag. Hermann hat etwas von einem verkorksten Wochenende gemurmelt, als er mir das Tablett auf den Tisch geknallt hat. Bei ihm spüre ich deutlich, dass er es als Verschwendung ansieht, mir überhaupt etwas zu essen zu geben. Von Albert weiß ich, es sind die gleichen Rationen, die auch die Wachmannschaften bekommen. Für einen wie Hermann unverständlich, aber vermutlich hofft sein einfaches Gemüt, dass ich nur fett werde, um dann als spezielles Versuchskarnickel herzuhalten. Ganz wie im Märchen von Hänsel und Gretel, nur dass ich tatsächlich gebraten werde. Was für ein Hohn. Das Böse im Märchen wird in seiner Realität zum Guten, das mit fester Überzeugung das Übel der Welt auslöscht. Ich ein Teil des Übels, was für ein interessanter Gedanke. Gedanke, denken, noch kann ich dieser menschlichen Regung nachgehen.*

### Eintrag 9

*Jetzt habe ich Albert schon über eine Woche nicht gesehen, auch bei den Hofgängen, die sie mir neuerdings einmal täglich gewähren, habe ich ihn nie gesehen. Andere Wärter stehen auf dem Hof, rauchen ihre Zigaretten und unterhalten sich. Fast spürt man auf dem Hof etwas von der früheren Normalität des Lebens. Noch hoffe ich, Krankheit, Urlaub oder die Versetzung in eine andere Abteilung sind der Grund für Alberts*

*Abwesenheit. Er war bisher die einzig positive Erscheinung hier, bei der der Wunsch menschlich zu sein, auch einem Juden gegenüber, noch zu spüren ist. Alle anderen reden nicht einmal mit mir, bis auf Hermann. Fast genieße ich seine aggressiv-abschätzigen Bemerkungen. Wenigstens registriert er mich.*

**Eintrag 10**

*Jakob ben Levi, könnte ich doch mit dir reden, von dir Abschied nehmen. Dabei rede ich so oft mit dir. Immer wenn das Licht aus ist, stelle ich mir vor, du sitzt im hinteren Teil der Zelle. Wir haben schon über alles gesprochen, über die Zeit, als du noch ein übermütiger Kobold warst, der immer ein aufgeschlagenes Knie hatte. Über die Zeit, als du älter wurdest und immer mit ins Labor wolltest. Es war das Größte für dich, einen weißen Kittel anzuziehen und für mich den Bunsenbrenner anzuzünden. Wie oft habe ich für dich Lösungen erhitzt, etwas zum Qualmen oder sogar zum Explodieren gebracht, nur um dein Lachen zu hören. Vielleicht weißt du es nicht, aber wenn du lachst, betritt ein ganz besonderer Gast den Raum. Sein Name ist Fröhlichkeit. Keiner konnte sich ihm entziehen, jeder musste sich ihm stellen und mindestens eine Runde mit ihm drehen. Was sagst du? Ich übertreibe; nein, wirklich nicht. Erinnerst du dich nicht, dass immer irgendwo etwas verpuffte oder zischte, wenn du da warst. Auch meine Kollegen haben es geliebt, dir eine Freude zu machen. Inzwischen weißt du natürlich, wie selten eine solche Reaktion gewollt oder ungewollt in einem Labor ist. Ob du inzwischen deinen Doktor gemacht hast? In deinem letzten Brief an deine Großmutter hast du davon gesprochen, dass du einen netten Doktorvater gefunden hast. Konntest du deine Pläne weiterverfolgen? Rede mit mir, sag etwas! Entschuldige, da kommt das Lied wieder und ich bin zurück, zurück hier alleine im kalten Jetzt. Ich vermisse dich.*

**Dachau 1942 in der Zelle Dr. Goldblums**

»Dr. Goldblum.«

»Oh mein Gott, Rasmus, ich meine Dr. Rasmus.«

»Warum nicht bei der alten, formlosen Anrede bleiben. Aber

setzen Sie sich doch Goldblum, ich habe extra einen zweiten Stuhl herbringen lassen.«

»Aber was machen Sie hier, ach natürlich ...«

»Natürlich? Wie meinen Sie das?«

»Na ja, Sie sind doch der, der am engsten mit mir zusammengearbeitet hat.«

»War ich das? Ich dachte, das war eher Dr. Rupert.«

»Schon, aber der ist bestimmt schon in Pension.«

»Ist er und er lässt Sie herzlich grüßen.«

»Tatsächlich? Bitte grüßen Sie ihn doch zurück.«

»Das tue ich gerne, der alte Junge. Wissen Sie noch, wie er für Ihren Sohn eine kleine Bombe gebaut hat und Ihr Sohn ...«

»Bitte, Dr. Rasmus, lassen wir das, wir wissen beide, dass wir nie wirklich befreundet waren und ich Sie ...«

»Goldblum, ich als Ihr ehemaliger Kollege möchte Ihnen den Rat geben, lehnen Sie sich nicht zu weit aus dem Fenster, das gute Leben könnte sonst ganz schnell vorbei sein.«

»Wie meinen Sie das?«

»Ich meine, man sollte in Ihrer Position nicht die Hand ausschlagen, die einem gereicht wird. Denken Sie darüber nach, ich komme wieder.«

**Konzentrationslager Dachau 1942 Tagebuch Dr. Levi Goldblum**
**Eintrag 11**

*Er ist gegangen, fast hätte ich etwas von der Unterdruckkammer gesagt. Wie eitel ich doch bin. Nur für den Moment der Überraschung hätte ich um ein Haar Albert in Gefahr gebracht. Nicht auszudenken, wenn Rasmus erfährt, dass Albert mit mir über Geschehnisse außerhalb meiner Zelle spricht. Ich bin sicher, es gibt ein Verbot, bis auf die notwendigen Befehle überhaupt mit Gefangenen zu sprechen. Ausgenommen vielleicht Hermanns Flüche und Verwünschungen gegenüber Juden, sind sie doch der Beweis für einen gelungenen Geburtsakt, die erfolgreiche Schöpfung von Hass durch das Einnisten von Ideen in den Geist. Was könnten sie sich mehr wünschen? Aber was ist mit Rasmus? Er ist zu klug für diese Art der Beeinflussung. Es ist so surreal, er ist vertraut und doch fremd.*

*Aber war er das nicht immer, mit seinem Ehrgeiz, wenn es darum ging,*
*sich einen Vorteil zu verschaffen? Er nutzt einfach alle Gelegenheiten*
*zu seinem Vorteil. Jetzt ist es eben der Krieg und der Judenhass. Er ist*
*angekommen, hier ist nichts, was ihn aufhält, hier kann er alle unsere*
*Theorien überprüfen. Vermutlich gibt er sie alle als seine eigenen aus. Es*
*ist keiner mehr da, der ihm dabei im Weg steht. Dr. Rupert in Pension,*
*Dr. Schmidtbauer und Dr. Rado emigriert und ich hier. Doch was will*
*er noch von mir? Vielleicht hat er zu wenig Fachpersonal oder es fehlt*
*ihm genau das eine Mosaiksteinchen und er hofft, ich könnte ihm dazu*
*verhelfen. Das wird nicht geschehen. Doch was wird er tun, um es zu*
*bekommen? Was will er von mir? Angst – habe ich Angst um mich?*
*Ich weiß es nicht, es ist ein verstörendes, unheimliches Gefühl. Bisher*
*war sie wie ein dunkler Schatten, der auf kratzigen Pfoten immer wieder*
*durch meine Gedanken lief, um sich in Erinnerung zu rufen. Der Schock,*
*Rasmus zu treffen, hat ihn verjagt, aus dem Schatten Klarheit werden las-*
*sen. Angst ist auch nur ein Gefühl, die Realität direkt vor meinen Augen*
*weist mir den Weg. Ich werde warten müssen und ich muss vorsichtig*
*sein, wenn er wiederkommt.*

## Dachau 1942 Aktennotiz Dr. Rasmus

Das erste Gespräch mit Dr. Goldblum war nicht befriedigend. Er
zeigte eine eher ablehnende Haltung, aber das war zu erwarten.

Er weiß eindeutig nichts davon, dass wir seine schriftlichen
Darlegungen lesen. Er weiß auch nichts von Alberts Rolle in dieser Sache,
er hat versucht ihn zu schützen, indem er so tut, als wüsste er nichts
von der Unterdruckkammer und den Versuchen. Vielleicht lässt sich das
noch zu unserem Vorteil nutzen. Er schreibt zwar, er würde nicht für
uns arbeiten, aber das wird man sehen. Ich werde ihm den Hofgang für
die nächsten zwei Tage streichen, dann hat er keine Möglichkeit, das,
was wir ihm bieten, abzulaufen. Er soll in seinen Gedanken baden, sich
verzehren in alle Richtungen. Dann, wenn alles wie geplant läuft, werde
ich sie lesen. Sie laufen ja nicht davon.

**Dachau 1942 im Büro von Dr. Rasmus**

»Guten Morgen, mein lieber Goldblum.«

»Dr. Rasmus.«

»Nun mal nicht so wortkarg, ich würde vorschlagen, wir unterhalten uns.«

»Worüber?«

»Über das, was uns verbindet, die Arbeit.«

»Ich werde nicht für Sie oder die Nazis arbeiten.«

»Mein lieber Goldblum, darum geht es nicht, es geht um so viel mehr, es geht um die Wissenschaft, um unsere Ideen, unsere Hoffnungen ...«

»Hoffnungen? Hier?«

»Das hier muss nicht der Endpunkt sein, ich könnte viel für Sie tun.«

»Könnten Sie?«

»Was denken Sie, wer für die Einzelhaft, für die gute Verpflegung gesorgt hat?«

»Was erwarten Sie von mir?«

»Darüber sprechen wir morgen, aber zunächst will ich Ihnen etwas zeigen. Wache!«

**Konzentrationslager Dachau 1942 Tagebuch Dr. Levi Goldblum**
**Eintrag 12**

*Von zwei Seiten waren sie in die Beobachtungskabine gekommen, hatten links und rechts von mir und Rasmus Platz genommen. Eine gläserne Wand, alles, was zwischen uns und dem armen Schwein, das auf einem Stuhl festgeschnallt auf sein Ende wartete. Ich sah in seinen Augen die Hoffnungslosigkeit, das Wissen um sein unabänderbares Schicksal. Nur eins wusste er noch nicht, die Qualen, die ihn bis zu seinem Tod begleiten sollten. Ich erinnerte mich an die Schreie, die unsere Tier-Probanden von sich gegeben hatten, wie sehr sie sich in ihrer Fixierung gewunden hatten. Schnell hatten Rasmus und seine Peiniger den Unterdruck erhöht, die Schmerzen und die hilfesuchenden Augen durch die Glasscheibe beobachteten mich, flehten mich an. Und ich habe nichts getan. Nur einmal riss ich meinen Blick los, sah mich zu allen Seiten um, hoffte auf,* worauf eigentlich? Doch da war nichts Menschliches, nur konzentrierte Gesichter, die aussahen, als würden sie eine chemische Reaktion in einem Reagenzglas beobachten. Sie sprachen nur, wenn eine Veränderung eintrat oder wenn der Unterdruck erhöht werden sollte. Es war, als wären sie der Chor einer griechischen Tragödie, die allwissende Instanz, über alles im Bilde, die Parteinahme gegen Juden und für die Wissenschaft fest im Blick, bis zum Exodus. Als alles vorbei war, ließ Rasmus mich von einem seiner Schergen in meine Zelle zurückbringen. Hätte ich etwas tun können? Nein, alles war vorbereitet, ich nur ebenso ein Versuchskaninchen wie – und doch – ich bin schuldig, habe dies alles nicht nur mit Abscheu verfolgt, sondern auch die Instrumente beobachtet, tief in meinem Inneren darüber nachgedacht, was dies alles für wissenschaftliche Folgen haben kann. Ich war einer von ihnen. Mein wissenschaftliches Interesse hat kurzzeitig über mein Mitgefühl gesiegt. Rasmus wusste, was er tat, als er mich dazuholte. Doch er irrt sich, mit dieser Schuld muss ich leben, aber mehr wird er nicht von mir bekommen.

### Dachau 1942 Aktennotiz Dr. Rasmus

Dr. Goldblum ist eindeutig interessiert gewesen. Die Aufzeichnungen von Schmitz beweisen es. Es war auch kaum zu verkennen, wie gebannt Goldblum die Veränderungen im Lauf des Experiments verfolgt hat. Die wissenschaftlichen Herausforderungen lassen ihn nicht kalt. Ich bin auf dem richtigen Weg. Dr. Goldblum wird über kurz oder lang die erwartete Hilfe sein. Doch vorerst werde ich ihn nicht bedrängen, noch nicht. Und wenn alle Stricke reißen, ist da immer noch sein Sohn.

### Dachau 1942 im Büro von Dr. Rasmus

»Nun Goldblum, was sagen Sie?«

»Was erwarten Sie?«

»Vielleicht eine kleine Analyse des Gesehenen.«

»Ich habe eine Gruppe von Mördern gesehen, dessen Anführer Sie sind.«

»Nicht doch mein Lieber, wir alle handeln nur auf höheren Befehl.«

»Ist das so?«

»Wir haben, wie so viele, gar keine andere Wahl.«

»Der Einzige, der keine Wahl hatte, war der arme Kerl, den Sie ermordet haben.«

»Lassen wir doch die Sentimentalität beiseite. Einigen wir uns darauf, dass Sie nichts hätten ändern können.«

»Und?«

»Stellen Sie sich vor, ein Laster mit Süßigkeiten kippt vor Ihnen um und alles, was Sie nicht mitnehmen, wird bei dem aufziehenden Regen unbrauchbar. Würden Sie nicht auch zugreifen?«

»Vermutlich, aber das ist …«

»Gar nicht mal etwas anderes. Das Experiment ist abgeschlossen, dafür haben Sie keine Verantwortung, aber wenn die Erkenntnisse nicht genutzt werden, ist der arme Teufel im Experiment umsonst gestorben. Dafür könnten Sie verantwortlich sein.«

»Sie meinen doch nicht etwa …«

»Oh doch, Süßigkeiten verkommen zu lassen, ist eine Sache, aber einen Menschen umsonst sterben zu lassen, ist eine wirkliche Sünde.«

»Ich kann es nicht glauben, dass Sie das sagen, Sie haben doch, ich …«

»Goldblum, sehen Sie es doch so, Sie könnten verhindern, dass noch weitere Lastwagen mit Süßigkeiten umkippen.«

»Sie verdammter …«

»Das ist doch nicht Ihr Stil. Ich lasse Sie jetzt alleine. Denken Sie darüber nach.«

**Konzentrationslager Dachau 1942 Tagebuch Dr. Levi Goldblum**
**Eintrag 13**

*Er ist gegangen, er hat mich durchschaut, weiß um meine Schwäche. Er hat mich während des Experiments beobachten lassen. Das Ganze war nur inszeniert, um meine Neugier zu wecken. Einer der Anwesenden hatte vermutlich den Auftrag, jede meiner Regungen zu beobachten und zu protokollieren. Mein Interesse an den Instrumenten war zu deutlich. Aber hat er nicht Recht? Sollte ich nicht einwilligen? Dabei hat er mich noch gar nicht um meine Mitarbeit gebeten. Was, wenn ich es nicht tue?*

*Er hat es deutlich genug ausgeführt. Wäre ich nicht für weitere Opfer ver-*
*antwortlich? Nein, nein, nein, oder? Ich weiß es nicht, was ist gesunder*
*Menschenverstand und was ist der Wunsch, wieder arbeiten zu können,*
*diesem Horror aus Eintönigkeit zu entfliehen. Ich sollte mich umbrin-*
*gen, aber ich kann es nicht, ich bin zu feige, ich war nie mutig. Nie bin*
*ich den Intrigen, die Rasmus gegen einige von uns schon damals gespon-*
*nen hat, entgegengetreten. Immer habe ich mir gesagt, das werden die*
*da oben schon erkennen, die müssen ihm Einhalt gebieten, das ist nicht*
*meine Aufgabe. Aber jetzt ist er der da oben, was soll ich, was kann ich*
*tun? Sterben werde ich so oder so. Nicht einmal Rasmus könnte mich*
*vermutlich hier herausholen. Aber das würde nichts ändern, ich werde*
*nicht mit den Nazis zusammenarbeiten. Rasmus hat eine Grenze über-*
*schritten, die niemand überschreiten darf, weder für die Wissenschaft,*
*einen Führer noch zum Schutz des eigenen Lebens.*
*Die Tränen kommen wieder, ich kann nichts dagegen tun.*
*Jakob ben Levi, ich liebe dich, du weißt, dass ich dich liebe.*
*Lili Marleen, es ist wieder so weit, wie schön dieses Lied ist.*

### Dachau 1942 im Büro von Dr. Rasmus

»Wie sollen wir weiter vorgehen?«

»Lassen Sie Dr. Goldblum wieder seine Runden drehen, und bringen Sie mir umgehend seine Aufzeichnungen.«

»Jawohl, Herr Doktor.«

»Hier die Aufzeichnungen.«

»Legen Sie sie auf den Tisch, ich werde mich gleich damit befassen.«

»Ah, so ist das, niemals wirst du mit mir zusammenarbeiten? Na,
das werden wir noch sehen. Wache!«

»Jawohl?«

»Schicken Sie mir den SS-Scharführer Albert Täusch.«

»Herr Doktor?«

»Täusch, kommen Sie rein, ich habe einen Auftrag für Sie.«

### Dachau 1942 in der Zelle Dr. Goldblums

»Albert, Sie sind wieder da, aber wie sehen Sie aus?«

»Nicht so laut, es ist außer mir zwar gerade niemand im Block, aber ich muss vorsichtig sein.«

»Was ist passiert?«

»Man hat mich wegen Wehrkraftzersetzung und Verstoßes gegen das Heimtückegesetz verhaftet.«

»Aber wieso, doch nicht wegen der Himmler-Sache?«

»Genau deswegen; einem meiner Kameraden hat nicht gefallen, was ich über die anstehende Inspektion beim Mittag gesagt habe.«

»Was?«

»Haben mich mitten in der Nacht aus dem Bett geholt und in den Bunker geworfen.«

»Aber Sie sind wieder hier?«

»Nur auf Bewährung, unter normalen Umständen wäre ich schon einen Kopf kürzer gemacht.«

»Oh, mein Gott.«

»Sie verstehen? Das Fallbeil sollte es sein. Mein Vorgesetzter hat gesagt, so einer wie ich bekommt nicht die Ehre einer Erschießung.«

»Aber wenn man jung ist, sagt man manchmal Sachen.«

»Das hat dann der Doktor auch gesagt und von meiner guten Arbeit hat er gesprochen.«

»Sie meinen Doktor Rasmus.«

»Genau, der hat mehr als ein gutes Wort für mich eingelegt.«

»Tatsächlich?«

»Hat meinem Hauptmann klar gemacht, dass er als SS Sturmbannführer im Range über ihm stehe und ob er glaube, dass Himmler keinen Humor habe. Wenn er das glaube, könne er ihm gerne eine persönliche Audienz bei ihm verschaffen.«

»Das hat vermutlich gewirkt.«

»Oh ja, aber bis auf Weiteres bin ich jetzt dem Herrn Doktor unterstellt.«

»Und der hat Sie wieder hierher geschickt?«

»Ja, aber ich weiß nicht, wie lange, ich soll jetzt erstmal meinen normalen Dienst versehen.«

**Konzentrationslager Dachau 1942 Tagebuch Dr. Levi Goldblum**
**Eintrag 14**

*Albert ist wieder da, aber er war nicht im Urlaub. Er sah aus, als hätte man ihm die Flügel gestutzt. Keine Fröhlichkeit, keine Spur mehr von der Freiheit des Geistes, die sich wie ein Schmetterling ohne Mühe über die Realität und die Grausamkeit des Augenblicks erheben kann. Alles wegen einem kleinen Scherz gegen das personifizierte Böse. Angst und Pflichtwahnsinn lassen brave Menschen zu Denunzianten werden. Albert - er wirkte gebrochen, nur als er über Dr. Rasmus gesprochen hat, schien sein Gesicht wieder diesen friedlichen, kindlichen Glanz zu bekommen. Kindliches Vertrauen zu ihm? Hat Rasmus doch nicht alle Menschlichkeit verloren? Ist er nicht das Ungeheuer, das ich in ihm sehe? Aber wie kann man das trennen? Menschenversuche und Albert? Kann man das? Was, wenn er das hier geplant hat und der arme Albert nur missbraucht wird? Er nur begnadigt wurde, um ein Lockvogel zu sein? Kann das sein, kann ein Mensch so böse sein? Ich bin hier, das sollte meine Zweifel begraben. Doch was erwartet er? Was will er, ich muss warten, lange wird es nicht mehr dauern. Begraben, das ist es, doch wann bin ich soweit?*

**Dachau 1942 im Büro von Dr. Rasmus**

»Nun mein lieber Goldblum, wie geht es Ihnen heute?«

»Ist das wirklich noch wichtig? Ich bin hier.«

»Unbestreitbar, aber Sie haben eine Einzelzelle, eine Toilette, gutes Essen und es könnte noch besser werden.«

»Rasmus, was wollen Sie?«

»Nichts Unmögliches, im Gegenteil, ich will Ihnen einen Gefallen tun.«

»Einen Gefallen – ist das Ihr Ernst?«

»Durchaus, wenn Sie einwilligen, mit mir zusammen an einem Projekt zu arbeiten, würden Sie sich mit einer eigens für Sie bereitgestellten Wache in einem bestimmten Bereich frei bewegen können.«

»Frei – hier?«

»Lassen Sie die Spitzen und hören Sie zu. Wenn Sie einverstanden sind, können Sie, wann immer Sie wollen, ins Labor. Sie würden alle Aufzeichnungen, die Sie für Ihre Arbeit benötigen, bekommen und wenn Sie – wir – Erfolg haben, würde die Unterdruckkammer nicht mehr gebraucht werden.«

»Welche Garantie hätte ich?«

»Ich würde mich dafür verbürgen, dass nur noch Probanden mit einer adäquaten Schutzkleidung in die Druckkammer kämen.«

»Ich verstehe.«

»Das hatte ich mir gedacht, denn wenn es uns gelingt, die richtigen Materialien für die Herstellung von Druckanzügen zu entwickeln, wären weitere Versuche überflüssig.«

»Das heißt, Sie haben die Unterlagen meiner Forschung zu geeigneten Stoffen für Unterdruckanzüge vergeblich gesucht?«

»Was ja nichts macht, da Sie, wie ich vermute, alle Fakten in Ihrem brillanten Hirn gespeichert haben.«

»Bitte keine Schmeicheleien, nicht hier und schon gar nicht von Ihnen.«

»Mein lieber Goldblum, Sie sind mutiger geworden, doch lassen Sie sich das gesagt sein, dies ist nicht die Zeit und wie von Ihnen richtig bemerkt, nicht der rechte Ort dafür.«

»Hm.«

»Und noch eins, bevor ich gehe, ich bin hier der Einzige, der auf Ihrer Seite steht. Nun, wie auch immer, Sie haben 24 Stunden Zeit, sich mein Angebot zu überlegen.«

**Konzentrationslager Dachau 1942 Tagebuch Dr.Levi Goldblum**
**Eintrag 15**

*In 24 Stunden will Rasmus eine Entscheidung, ob ich einer von ihnen werde. Für einen guten Zweck. Wenn es so wäre, was für eine Erleichterung. Doch ich kenne ihn zu gut, er würde alles versprechen. Und wen würde ich schon retten? Selbst wenn er die Wahrheit sagt. Denn was geschieht sonst? Geht es nicht darum, uns allen hier die hässlichen Fratzen des Todes zu zeigen? Dabei kommt es doch nicht mehr auf die Spielart an, die sie sich hier für den Einzelnen ausdenken. Und trotzdem, ich bin versucht, würde gerne wieder arbeiten, so tun, als könnte ich ein wenig Normalität zurückgewinnen. Doch wie soll ich das Fürchterliche vergessen, das Gesicht, die Adern, die aus dem Kopf traten, diese Augen? Ich habe mich versündigt, kurz hat meine Neugier mein Gewissen verdrängt, hat zugelassen, dass ich interessiert bei diesem Wahnsinn zugesehen habe. Ich werde es nicht tun, oder was sagst du, kleine Spinne, spinnst Fäden des Verderbens hinterhältig über meinem Kopf. Ich werde dich gewähren lassen, denn du passt hierher. Deine Fäden, dein gnadenloser Zugriff. Eine Erlösung für alle, die sich hierher verirren. Der letzte Ausweg in dieser weißgetünchten Hölle. Meine Spinne wartet auch schon auf mich. Lange wird sie nicht mehr warten. Gute Nacht, kleine Spinne, töte leise und lass mich schlafen.*

### Dachau 1942 im Büro von Dr. Rasmus

Du hältst mich also für ein hinterhältiges Kriechtier? Na dann will ich dich nicht enttäuschen.

»Täusch, kommen Sie rein.«

»Herr Doktor?«

»Sie können die Zettel wieder zurückbringen.«

»Jawohl.«

»Halt warten Sie, wie hat er sich heute Morgen verhalten?«

»Er ist zunächst nicht sehr gesprächig gewesen.«

»Haben Sie ihm gesagt, dass Sie morgen zum Lagerkommandanten bestellt worden sind?«

»Habe ich, das hat ihn aufgeweckt, er wollte wissen, warum.«

»Was haben Sie gesagt?«

»Das, was Sie befohlen haben, dass dort die Entscheidung über meinen Verbleib und über meine Strafe getroffen wird.«

»Und?«

»Er wollte wissen, ob Sie dabei sein werden.«

»Mm …«

»Ich habe ihm gesagt, dass Sie versprochen haben, dabei zu sein und dass Sie vermutlich der Einzige sind, der auf meiner Seite steht.«

»Sehr gut, dann können Sie jetzt die Aufzeichnungen zurückbringen.«

## Konzentrationslager Dachau 1942 Tagebuch Dr. Levi Goldblum
## Eintrag 16

»*Auf seiner Seite steht*« hat Albert gesagt, eindringlich, als wollte er einen guten Geist heraufbeschwören. Er hat es nicht gemerkt, er konnte es nicht merken, denn er wusste es nicht. Wie hätte er auch wissen können, dass sein Gönner die gleichen Worte gestern als Abschied zu mir gesagt hat. Das ist es, Menschen sind einfallslos. Rasmus wird ihn instruiert haben, ohne zu wissen, dass Albert die gleichen Worte benutzen würde, die er ihm vorgebetet hat. So ist das mit Befehlsempfängern, sie wollen alles richtig machen und versuchen alles von ihren Vorgesetzten zu übernehmen. Da hat ihm auch sein schauspielerisches Talent nicht mehr genutzt. Er hat mich zum Narren gehalten. Mitleid, ich hatte Mitleid. Er war gut, spielte den kleinen Jungen, der nicht mit diesem allen hier umzugehen weiß. Ich hätte es schon bei seiner Himmler-Äußerung wissen sollen, dieser Umbruch von kleiner Junge zum Rebell im Kleinen. Das hat nicht gepasst, ich hätte es wissen müssen. Er war gut. Jakob ben Levi, ich wollte etwas von dir in ihm sehen. Ben, mein kleiner Ben. Doch du bist nicht hier, nicht jetzt, vielleicht kommst du mich heute Nacht im Traum besuchen. Morgen wird er bestimmt kommen, die 24 Stunden sind inzwischen auf jeden Fall um. Sonst sind sie doch immer so pünktlich. Er wird morgen kommen. Vielleicht wird es meine letzte Nacht. Oh kleine Spinne, du hast ein Opfer, es windet sich in deinen Fäden, dreht sich, weiß nicht, jede Regung schnürt es nur fester. Geh und erlöse es oder ist dein Bauch noch gefüllt von dem Blutbacchanal der letzten Nacht?

### Dachau 1942 im Büro von Dr. Rasmus

»Nun Goldblum? Sie wollen also nicht mit mir zusammenarbeiten?«

»Woher wissen Sie?«

»Sie haben Albert entlarvt und sind nicht auf die Idee gekommen, dass wir auch Ihr kleines Versteck kennen.«

»Natürlich.«

»Natürlich, sehen Sie. Ich muss mich wundern, warum hätte der liebe kleine Albert Ihnen sonst das Papier gegeben? Sie sagen ja gar nichts.«

»Es gibt nichts mehr zu sagen.«

»Da wäre ich mir nicht so sicher.«

»Was hätten sie ...«

»Ganz einfach. Ich lasse Sie einen Brief an ihren Jakob ben Levi schreiben. Sie können sich entschuldigen wegen der Hochzeit, seiner Frau, na sie wissen schon.«

»Sie, und ich kann Ihnen natürlich trauen ...«

»Sarkasmus, nicht doch, der steht Ihnen nicht. Vertrauen, das ist so eine Sache, aber ich habe mir Folgendes überlegt. Sie schreiben einen Brief an Ihren Sohn mit allem, was Sie und Ihr Herz bedrückt.«

»Und wie soll er den bekommen?«

»Ich bin noch nicht fertig. Sie schreiben noch einen zweiten Brief an Verwandte oder Freunde in der Schweiz, zum einen mit der Bitte, den Brief an Jakob ben Levi weiterzuleiten, zum anderen mit einer weiteren Bitte, Ihnen einen Brief zu schicken, in dem sie etwas schreiben, was nur Sie wissen können. So wissen Sie, dass Ihr Brief in der Schweiz angekommen ist und der Brief an Ihren Sohn weitergeleitet wird.«

»Das wird wie lange dauern?«

»Mit meinen Beziehungen gar nicht so lange und sobald Sie diese Bestätigung unserer Ehrlichkeit haben, beginnen Sie umgehend mit mir an der Konstruktion von Fliegeranzügen zu arbeiten.«

»Ich muss darüber nachdenken.«

»Das habe ich mir schon gedacht. Albert, bringen Sie das Briefpapier herein. Sehr schön, legen Sie es hier auf den Tisch. Und, Goldblum, was sagen Sie, ist das Papier mit den kleinen Blumenranken nicht schön? Wir wollen doch nicht, dass Sie auf gewöhnlichem Papier an Ihren einzigen Sohn schreiben.

Sie sagen nichts? Nun gut, Sie haben von jetzt an drei Tage Zeit, alles zu überdenken und die Briefe zu schreiben.«

»Rasmus, warten Sie, bis dahin keine Rundgänge und keinen Albert mehr.«

»Verstehe, ich werde Albert abziehen und in den nächsten drei Tagen bleibt Ihr Geschriebenes von uns ungelesen. Sie nicken. Gut also, ach so, von nun an müssen Sie sich nicht auf bestimmte Zeiten begrenzen, schreiben Sie wann immer Sie wollen, Sie haben meine Genehmigung.«

### Dachau 1942 im Büro von Dr. Rasmus

»Herr Doktor, soll ich meinen Dienst in diesem Fall einstellen?«

»Nicht doch! Sie koordinieren weiterhin die Beobachtung und werden mir Bericht erstatten.«

»Jawohl.«

### Konzentrationslager Dachau 1942 Tagebuch Dr. Levi Goldblum
### Eintrag 17

*Rasmus, Sie wussten, was Sie taten, als Sie mir genügend Essen und Schreibzeug geben ließen. Absolute Entbehrung, Hunger, Schmerzen und Todesangst sind die Zutaten für Apathie und Gefühllosigkeit, aber das wollten Sie nicht zulassen. Auch jetzt nicht. Ich soll aus meinem Elfenbeinturm das Leiden hören. Immer wieder höre ich Befehle, Schmerzensschreie und die Andeutungen von Hermann. Warten Sie nur, sind auch schon Professoren ins Gas gegangen. Haben Sie ihm das auch vorgesagt oder ist er alleine darauf gekommen? Ich glaube nicht, dass Sie wissen, was Sie getan haben, als Sie mir die Möglichkeit des Schreibens gegeben haben. Schreiben – Segen und Fluch? Es tut gut, alles aufzuschreiben, aber dann lese ich das Geschriebene immer wieder, bis es zu einem Sumpf wird, aus dem ich nicht einmal in meinen Träumen entkommen kann. Das Einzige, was hilft, ist weiter zu schreiben. Immer weiter, genau wissend, dass Sie und die anderen Voyeure nur darauf warten, sich an meinem Leid und meinem Zwiespalt zu ergötzen. Aber dies wird der Schlussakkord, ich schreibe, Sie lesen und dann kommt das Ende.*

### Dachau 1942 im Büro von Dr. Rasmus

»Nun, Täusch, was tut er?«

»Er schreibt wie ein Besessener.«

»Habe ich doch gewusst, der kleine Jakob ben Levi. Täusch, jeder hat eine Schwachstelle.«

»Herr Doktor?«

»Bei unserem guten Goldblum ist es sein Sohn, mit Ihrer kleinen Scharade haben Sie die Kruste aus Verdrängung und innerer Härte aufgebrochen.«

»Hab ich das wirklich getan? Ich dachte, ich hätte versagt.«

»Nicht doch, Sie waren besser als erwartet. Kaum zu glauben, das Goldblum so lange auf Sie reingefallen ist. Aber so ist das mit der Sentimentalität, merken Sie sich das, nur wenn man allen Gefühlen völlig gleichgültig gegenübertritt, kann man wirklich etwas erreichen.«

»Jawohl, Herr Doktor. Herr Doktor, sollen wir uns zu den Aufzeichnungen des Gefangenen Zugriff verschaffen?«

»Auf keinen Fall, nicht dass wir ihn jetzt verschrecken. Was er letztlich an seinen Sohn schreibt, bekommen wir noch früh genug zu sehen. Hauptsache, er schreibt.«

*Für Dr. Rasmus*

**Nennen Sie Ihren Namen.**

*Kalt und schneidend drang die Frage in mein Bewusstsein. Ich hatte das Gefühl, als würde jedes einzelne Wort in mein Kleinhirn gemeißelt. Diese Stimme, mein Name, ich musste mich konzentrieren. Samuel Gold, ja, ich heiße Samuel Gold. Aber wieso, was war hier los? Migräne, das war die Lösung; ich hatte einen besonders schweren Anfall. Alles passte, ich hatte krampfhaft die Augen geschlossen, mein Kopf schien zu zerspringen und mir war speiübel. Aber was war mit dieser Stimme?*

**Ich frage Sie noch einmal, wie ist Ihr Name?**

*Dieses Mal hatte sie an Härte noch zugenommen. Was sollte ich tun? Die immer stärker werdenden Kopfschmerzen ignorieren und darauf warten, bis der Anfall vorbei war, oder eine weitere Pille Pervitin nehmen? Doch dieses Mal konnte ich mich nicht erinnern, wann und ob ich überhaupt eine genommen hatte, aber das war bei dem traumartigen Zustand, in dem ich mich während eines Anfalls befand, nicht ungewöhnlich.*

*Ein Schleier, in dem glitzernde Strahlen in allen Regenbogenfarben miteinander zu tanzen scheinen und einen nahezu erblinden lassen, ist meist das letzte, woran man sich bei einem heftigen Anfall erinnert. Dann kommen die Kopfschmerzen, der Verlust der Artikulationsfähigkeit, gefolgt von einem Stadium, in dem man halluziniert und das Zeit- und Raumgefühl verliert.*

*Ich entschied mich für eine weitere Tablette, öffnete die Augen und übergab mich direkt vor meine Füße, denn ich lag nicht in meinem Bett, sondern saß angeschnallt an einen stählernen Sitz in einem gläsernen Kokon.*

*War ich im Kino? Zwei Augen und ein Mund mit einem kleinen hässlichen Schnauzbart, starrten mich von einer riesigen Leinwand aus an. Ihre Farbe war undefinierbar. Eben waren sie noch eisblau, um gleich darauf zu grau zu wechseln, einen Blinzler später waren sie dann bereits grün. Es war, als würden alle Farben, die ich je gesehen hatte, an mir vorbeiziehen.*

*Doch keine vermochte ihnen auch nur eine Spur Freundlichkeit einzuhauchen. Das heißt nicht, dass sie nicht lebten. Sie registrierten, was ich tat und sahen mir zu, wie ich mir den Rest Erbrochenes mit dem Ärmel vom Mund wischte. Ich wollte mich umsehen, aber es gelang mir nicht, mich abzuwenden.*

*Jedes Mal, wenn ich versuchte, mich ihnen zu entziehen, explodierte ein Lichtblitz, der über meinen Sehnerv direkt in das Schmerzzentrum meines Gehirns schoss und bisher nie gekannte Qualen durchfluteten meinen Kopf. Doch anders als ich es von vorhergehenden Halluzinationen kannte, breiteten sie sich auf den ganzen Körper aus und ich begann zu zittern. Ich versuchte zu schreien. Doch außer einem Röcheln und einer weiteren Ladung meines Mageninhaltes kam nichts über meine Lippen.*

*Jetzt begann sich der Mund unter den Augen zu öffnen, strahlend weiße, kerzengerade aufgereihte Zahnreihen, die so gar nicht zu dem Schnauzbart passen wollten, begannen sich zu öffnen und zu schließen. Ich hörte die Worte, die der Mund ausspie.*

**Zum letzten Mal, wie ist Ihr Name?**

*Es war wie Folter, die jedes Wort begleitete. Sollte ich antworten?*
*Bevor ich dazu kam, eine Entscheidung zu treffen, hörte ich eine zweite,*
*freundliche, fast mitfühlende Stimme in meinem Kopf.*
*Sagen Sie es ihnen, es ist nur für das Protokoll und sie wissen ihn oh-*
*nehin.*
*Und wenn ich es nicht tue?*
*Die Stimme schien meine Gedanken zu erraten.*
*Sie werden Ihnen unsagbare Schmerzen zufügen, wenn Sie ihnen nicht*
*antworten.*
*Ein letzter Rest meines angeborenen Sarkasmus regte sich.*
*Und was war das bisher, Liebkosungen?*
*Wieder schien sie meine Gedanken zu kennen.*
*Das war nur der normale Umgang mit Gefangenen, sie waren freund-*
*lich, das hier hat für sie mit Schmerzen noch nichts zu tun.*
*Mein Verstand schien ausgeschaltet. Protokoll, Gefangener, unendliche*
*Schmerzen, völliges Chaos. Konnte es einen solchen Ort geben, eine solch*
*ch grauenhafte Gewalt, die direkten Zugang zu meinem Hirn hatte? Ich*
*wusste nur eins, ich wollte keine Schmerzen mehr. Also antworten. Der*
*Versuch scheiterte; alles, was aus meiner Kehle drang, war ein heiseres*
*Krächzen. Ich merkte, wie Magensäure in der Speiseröhre brannte. Ein*
*erneuter Versuch. Dasselbe Ergebnis.*

**Sprechen Sie deutlicher.**

*Wieder diese Schmerzen.*
*Flüstern Sie, normal zu sprechen, wird Ihnen erst wieder in ein paar*
*Stunden gelingen.*
*Woher wusste die Stimme das? Wollte sie mir wirklich helfen? Wo um*
*alles in der Welt war ich? Konnte es einen solchen Ort geben? Zum*
*Grübeln blieb keine Zeit. Ich sah, wie der Mund wieder erschien. Ich*
*versuchte ihm zuvorzukommen, indem ich den Ratschlag der zweiten*
*Stimme beherzigte.*
*»Samuel Gold.«*

**Samuel Gold also, welcher Religion gehören Sie an?**

*Kann man sich an Schmerzen gewöhnen?*
*»Ich bin nicht gläubig.«*

**Samuel Gold, woran glauben Sie?**

*Verdammt, ich hatte es doch gerade ... ich würde nicht diskutieren.*

»Ich bin nicht gläubig.«

*Der Mund verzog sich zu einer unwilligen Grimasse und die Farbe der Augen wechselte in unglaublicher Geschwindigkeit. Mir wurde schwindelig. Selbst jemand, der nicht mit einer Bestrafung durch extreme Schmerzen rechnen musste, wäre vermutlich erstarrt. Alles begann sich zu drehen, gleich würde ich mich wieder ...*

»Euer Magistrator, ich bitte um das Wort.«

*Das war die zweite Stimme, nur dieses Mal schien sie nicht in meinem Kopf zu sein, sie sprach offensichtlich mit den Augen. Ich merkte, wie sich ihr Bann von mir löste, der ungeheure Druck in meinem Kopf nachließ und ich mich von der Leinwand abwenden konnte.*

*Zum ersten Mal, seit ich in dieser surrealen Welt aufgewacht war, gelang es mir, mich auf meine Umgebung zu konzentrieren. Mein erster Eindruck war Ekel, denn von der Anspannung befreit, nahm ich meine durchnässten Socken und den säuerlichen Geruch war. Der Versuch, meine Füße wenigstens aus dem Erbrochenen zu befreien, scheiterte, denn mein ganzer Körper war durch Schnallen am Sessel befestigt. Sessel, was für ein Hohn! Ich saß auf etwas, das aus einer stählernen Halbschale bestand, die mit Halteklammern aus Metall versehen war, die mich an Brust und Beinen fixierten.*

*Trotzdem gelang es mir, mich so weit zu drehen, dass ich mich umsehen konnte. Ich befand mich in einer riesigen Halle, die wie ein U-Bahntunnel nach hinten kein Ende zu nehmen schien. War es einer jener riesigen unterirdischen Bunker, von denen man überall gehört hatte, in denen Namenlose für das Böse bis zum Tode arbeiten mussten? Gab es sie wirklich? Es musste so sein, denn diese Halle war mindestens 20 Meter hoch und endete direkt vor mir mit einer Mauer, an der eine riesige Leinwand prangte, von der diese fürchterlichen Augen herabblickten und alles in ihrer Umgebung zu durchleuchten schienen. Mein Kokon hing, wie ich jetzt durch die gläsernen Wände erkennen konnte, an einer langen Kette von der Decke, die in einer Art U-Schiene lief. Bei meinem Versuch mich umzudrehen, erkannte ich im Abstand von etwa zehn Metern das* nächste gläserne Gefängnis. In ihm saß eine junge Frau mit abrasierten Haaren und gesenktem Kopf. Ich fragte mich, ob sie wusste, wo und warum sie sich hier befand oder ob man auch sie aus ihrem Leben gerissen hatte. Dämmerte sie wie ich, nichtsahnend, was sie erwartete, in einer Art Wachtraum oder wartete sie nur und verschloss lediglich die Augen vor dem Unvermeidlichen? Was wusste ich schon? Sehen konnte ich, dass weder sie noch ich die einzigen Opfer in diesem Wahnsinn waren. Es folgte hinter ihr eine endlose Reihe gläserner Kokons, die alle unausweichlich auf das Ende der Fahrt und die Begegnung mit dem Magistrator, so hatte die zweite Stimme die Augen bezeichnet, warteten. Mir kam der Gedanke an einen Schlachthof, in dem Schweinehälften an Haken befestigt wurden. Die in zwei Teile zersägten, toten Tiere wurden – genau wie die Kokons - an Ketten von der Decke im gleichen Abstand aufgehängt. Noch war ich nicht tot. Flucht – kurz flackerte der Gedanke wie ein fernes Licht in einem Tunnel auf. Doch weder hätte ich mich aus meinem Stahlsessel befreien noch aus dem Kokon entkommen können. Und selbst wenn ich den Sturz aus 10 Metern Höhe auf den nassglänzenden Betonboden überstanden hätte, wie sollte mein weiterer Fluchtweg aussehen? Die Betonwände hatten keine Fenster. Erhellt wurde alles von Lampen, die wie Pilze aussahen und aus dem Boden wuchsen. Sie waren so konstruiert, dass der ganze Pilzkörper strahlte. Die Leuchtkraft eines Pilzes hätte ausgereicht, um ein Fußballstadion zu erhellen. Doch dies war kein Fußballstadion und ich konnte trotz der Helligkeit das Ende dieser Halle nicht einmal erahnen.

**Denken Sie nicht einmal an Flucht!**

Völlige Agonie. Ich sah wieder in die Augen, deren Farben sich jetzt in normalem Tempo veränderten.

**Samuel Gold, Ihr Fall wird vertagt, wir überstellen Sie wieder in die Obhut Ihres Salutanten.**

Dieses Mal war es nicht der Schmerz, sondern Fragen, die mich quälten:
Stand ich vor Gericht und warum?
Wo war ich?
Wer war der Salutant und was hieß, ich würde wieder in seine Obhut überstellt?

*Ganz tief in mir regte sich noch eine weitere Frage. Konnte es sein, dass dies alles doch nur ein Traum war?*

*Angst, Wut und unsagbares Heimweh durchfuhren mich. Aber wonach hatte ich Heimweh? Ich war an einem Ort, den ich nicht kannte, befand mich in einer Situation, die mich vor Angst erstarren ließ und es war kein Traum, in dem sich das wirkliche Leben immer weiter von der Realität entfernte und an dessen Ende man schweißgebadet aufwacht. Ich wusste, ich war schon aufgewacht und die Realität war hier und jetzt. Diese Realität war schlimmer, als alles, was ich mir hätte vorstellen können. Menschen in der Rolle von Schweinehälften. Als würde dieser Gedanke einen letzten Anstoß benötigen, setzte sich der Kokon langsam in Bewegung. Ich glitt auf die Augen zu, bog kurz vor der Leinwand ab und fuhr ein langes Stück in einem weiteren Tunnel, der nur durch die Ausläufer des Lichtes aus der Halle diffus erhellt wurde. Als die Lichtstrahlen sich in der Weite des Tunnels fast verloren, hielt mein Gefährt vor einer im Dunkeln liegenden Rampe, die starke Ähnlichkeit mit einem Bahnsteig hatte. Auf ihr stand nur eine Person in einem weißen Umhang. Wer auch immer diese Person war, ich war sicher, gleich würde ich dem Salutanten gegenüberstehen.*

*Ich bereitete mich auf die Begegnung vor, als ein leises Geräusch meine Aufmerksamkeit weg vom Bahnsteig in das Innere meiner Kugel lenkte. Zwischen meinen Beinen öffnete sich eine kleine Klappe, aus der etwas wie eine Düse an einem Rohr nach oben direkt auf meine Augenhöhe fuhr.*

*»Samuel, schließen Sie die Augen, es beginnt die Desinfektion.«*

*Ich blickte nach draußen und erkannte, dass die Person vor der Kapsel mit mir sprach.*

*»Tun Sie es jetzt.«*

*Die kurze Zeit in dieser Welt hatte mich gelehrt, besser das zu tun, was man mir sagte. Ich schloss die Augen. Keine Sekunde zu früh, denn mit einem unangenehmen, zischenden Geräusch begann die Düse, heiße, leicht ätzende Dämpfe mit Hochdruck über alle Teile meines Körpers zu sprühen, immer und immer wieder. Die Schmerzen, die dadurch verursacht wurden, waren zunächst nicht vergleichbar mit dem*

Vorhergegangenen, aber je länger die Flüssigkeit auf der Haut war, umso stärker begann sie zu brennen. Mit äußerster Anstrengung hielt ich meinen Mund und meine Augen geschlossen, mir ausmalend, welchen Effekt die Flüssigkeit auf die Augen oder die Mundschleimhäute haben würde.

»Die Desinfektionsphase ist beendet.«

Ich hörte wieder die Stimme, die mir inzwischen fast vertraut vorkam, zeitgleich beendete die Düse ihre Arbeit. Ich wagte nicht, meine Augen zu öffnen, denn noch immer triefte mir die Flüssigkeit aus den Haaren ins Gesicht. Ich hörte ein leises Klicken und spürte, wie sich die Glaskugel zu bewegen schien.

»Bleiben Sie ruhig sitzen und erschrecken Sie nicht, ich werde Ihnen gleich mit einem Tuch die Haare und das Gesicht abwischen.«

Ich merkte, wie ein weicher Stoff mit leichtem Druck über meinen Kopf und mein Gesicht fuhr.

»Sie können die Augen jetzt öffnen.«

»Wer sind Sie?«

»Ich bin Dr. Täuf, ich bin Ihr Salutant.«

Dr.? Das konnte nicht sein; ich sah in ein fast jugendliches Gesicht, strohblonde militärisch gestutzte Haare, mit Hilfe von Pomade zu einem Seitenscheitel frisiert, ruhten auf einem fast rechteckigen Kopf, der passend zu den Haaren modelliert zu sein schien. Keine Falte hatte sich in dem sympathischen Gesicht eingegraben. Vertrauen, fast hätte ich es auf Grund seiner unbekümmerten Jugend, die mir entgegenstrahlte, gehabt, wären da nicht ein absurd anmutender kleiner Schnurrbart und die kalten hellblauen Augen gewesen.

»Doktor, Sie sind Doktor und verdammt, was ist ein Salutant?«

»Warten Sie, bevor wir weiterreden, befreie ich Sie aus Ihrem Gefängnis und wir gehen zu mir.«

»Zu Ihnen?«

»Dort können Sie sich reinigen und bekommen frische Kleidung.«

»Sie meinen also, ich würde Ihnen einfach so folgen?«

»Was bleibt Ihnen übrig? Sie wissen doch, der Magistrator findet Sie überall und dann ...«

*Er sprach nicht weiter, aber das war auch nicht notwendig.*
*»Das ist meine Wohnung und das ist für die nächste Zeit Ihr Zimmer.«*
*»Sie meinen, ich werde länger hierbleiben?«*
*»Das hängt ganz von Ihnen ab.«*
*»Wovon genau?«*
*»Später, gehen Sie doch zunächst ins Bad und säubern Sie sich. Das Bad ist die zweite Tür links, wenn Sie von hier auf den Flur gehen. Kleidung finden Sie im Bad auf der Kommode.«*
*Frische Sachen und endlich diese brennende Flüssigkeit von der Haut. Ich konnte mir kaum etwas Schöneres vorstellen, alles andere musste warten.*

*»Professor Rasul, wir sind angekommen.«*
*»Wo ist der Delinquent?«*
*»Im Bad, er reinigt sich von der Desinfektion. Doch was soll das bei so einem bringen?«*
*»Lassen Sie das, auch wenn er ein Unreiner ist, dessen Religion ihn noch an Ehrlichkeit und Menschlichkeit glauben lässt, sie müssen ihn davon überzeugen, dass auch Sie einer von Ihnen sind.«*
*»Um ihn dann der endgültigen Verwertung zuzuführen.«*
*»Alles andere wäre Verrat am Magistrator. Also Ihre Aufgabe ist es, den Delinquenten dazu zu bringen, mit uns zusammenzuarbeiten.«*
*»Das sollte nicht zu schwierig sein, allerdings kann er sich bis jetzt an nichts erinnern.«*
*»Das machen die Drogen, aber sein Gedächtnis wird wieder klar und dann ist es unerlässlich, dass er Ihnen vertraut. Nur, wenn er glaubt, dass Sie ein Gegner des Regimes sind, wird er Ihnen Zugang zu seiner Forschung gewähren.«*
*»Ich habe verstanden.«*
*»Gut! Lang lebe der Magistrator, der die Masse befriedigt und den Einzelnen mit Stolz erfüllt!«*
*»Lang lebe der Magistrator!«*
*Ich hatte genug gehört. Professor Rasul also. Jetzt wurde mir klar, er war es, der mich verraten hatte. Doch ohne Erfolg, die Aufzeichnungen*

*hat er nicht gefunden. Ein kleines Feuer, die Asche habe ich ihm hinter-*
*lassen. Jetzt kommt der letzte Akt.*
*»Nun, wie fühlen Sie sich?«*
*»Besser, aber ich habe Hunger.«*
*»Das muss noch etwas warten, zunächst muss ich Sie aufklären.«*
*»Das ist nicht nötig, das kalte Wasser hat mir die Erinnerung zurück-*
*gebracht.«*
*»Sie erinnern sich an alles?«*
*»Ich denke schon, auf jeden Fall weiß ich wieder, was ein Salutant ist.«*
*»Urteilen Sie nicht zu schnell, ich bin nicht das, was Sie erwarten.«*
*»Sie sind kein Scherge des Bösen, der dafür bezahlt wird, Unreine, die*
*nicht an die Allmacht des Magistrators glauben, in die Wiederverwertung*
*zu schicken?«*
*»Sie irren sich.«*
*»Was ich nicht verstehe, warum bin ich hier, warum überhaupt vors*
*Magistratorgericht? Wenn einer wie ich enttarnt ist, geht er doch*
*eigentlich gleich ...«*
*»Sie sind anders.«*
*»Ich bin anders? Ah, der Magistrator will meine Forschung.«*
*»Deswegen sind Sie hier.«*
*»Und Sie sind mein Folterknecht, der alles aus mir herausholen soll.«*
*»Lassen Sie mich doch erklären.«*
*»Nicht nötig, denn Ihre Mühe ist vergeblich, selbst, wenn ich wollte,*
*könnte ich Ihnen nicht das geben, was der Magistrator erwartet. Die*
*Ergebnisse sind viel zu komplex, selbst ich müsste Wochen daran arbei-*
*ten, um sie wieder zu rekonstruieren.«*
*»Aber ich arbeite nicht für den Magistrator.«*
*»Was kommt jetzt, eine rührende Geschichte, dass Ihre Urgroßmutter auch*
*unreinen Blutes war, es niemand weiß und Sie mir deswegen helfen wollen?«*
*»Fast, es war mein Großvater, dessen Akten beim ersten Bombenangriff*
*gegen den Magistrator vernichtet wurden.«*
*»Na, das ist ja was. Ihre Aufgabe als Salutant, die fehlenden Aktenlücken*
*aus dem zweiten Krieg zu schließen und Leute wie mich zu fangen,*
*ermöglicht es Ihnen Ihren Lebenslauf rein zu halten.«*

»Wenn Sie so wollen.«

»Und was jetzt?«

»Wenn Sie mir Ihre Forschungsergebnisse geben, werde ich sie an die Untergrundorganisation der Unreinen übergeben und die könnten ihr Wissen als Verhandlungspfand gegenüber dem Magistrator nutzen.«

»Das heißt, Sie würden mich retten, den Unreinen helfen und auch sich selbst in Sicherheit bringen.«

»Verstehen Sie doch, ich bin jetzt 24 Jahre und ich möchte gerne noch heiraten, Kinder haben und ...«

»Sie wollen also leben? Nicht, fangen Sie jetzt nicht an zu weinen.«

»Ja, aber ...«

»Ich werde Ihnen helfen.«

»Wirklich, Sie wollen?«

»Ja, ich werde Ihnen helfen.«

»Wirklich, was brauchen Sie dafür?«

»Nichts.«

»Nichts? Heißt das, Sie haben weitere Aufzeichnungen versteckt? Aber ...«

»Warum ich das nicht unter Drogeneinfluss ausgesagt habe? Ganz einfach, weil es keine weiteren Aufzeichnungen gibt.«

»Dann haben Sie alles im Kopf.«

»Nein, nein, auch das hätte ich zugegeben. Ich werde Ihnen helfen, aber anders als Sie sich das vorstellen.«

»Ich verstehe nicht.«

»Das glaube ich, ich werde Sie an eine Person weiterleiten, die Ihnen ganz bestimmt weiterhelfen wird.«

»Ich verstehe immer noch nicht.«

»Gleich werden Sie es verstehen.«

»Heißt das, es gibt noch jemanden, der außer Ihnen Bescheid weiß und der hat Ihre Aufzeichnungen?«

»Ganz kalt, ich würde Ihnen raten, Professor Rasul aufzusuchen, ein alter Freund von mir, der hat mir immer wieder versichert, er verstehe meine Lage und ihm könne ich trauen.«

»Sie verdammter ...«

»Nun Rasmus, was halten Sie davon, eine kleine Geschichte, die Sie *mal Ihren Kindern und Enkeln oder vielleicht auch dem lieben Albert vorlesen können.«*

*»Lang lebe der Magistrator!«*

### New York, 02.05.1947, später Abend

»Hi, mein Schatz, du siehst durchgefroren aus.«

»Ein bisschen, ich musste nachdenken und bin zu Fuß gegangen.«

»Den ganzen Weg vom Central Park?«

»Es tat mir gut.«

»Dann war es ein echter Geheimagent?«

»Ja, aber anders, als man sich das so vorstellt.«

»Keine breiten Schultern und Pistole unter dem Jackett?«

»Klein, freundlich und eine Frau.«

»Wie war sie?«

»Sie war sehr jung für eine Doktorin, dabei wirkte sie hart, fast versteinert.«

»Sah sie gut aus?«

»Schon, wenn man Eisskulpturen mag.«

»Aber sie war echt.«

»Das war sie, sie ließ mich die Tagebuchaufzeichnungen meines Vaters lesen.«

»Bist du sicher?«

»Ich habe seine Schrift erkannt und er hat Dinge aus meiner Jugend geschrieben, die nur er wissen konnte. Hier, Dr. Fisher hat mir eine Abschrift mitgegeben. Ich, ich dachte, magst du sie lesen?«

»Oh mein armer Schatz, das alles hat er geschrieben?«

»Es war so surreal, ihn kurz in den Zeilen wiederauferstehen zu sehen und gleichzeitig seine Hoffnungslosigkeit zu spüren. Du hast es gelesen. Er hat in seinen Aufzeichnungen mit mir gesprochen. Ich weiß wirklich nicht ...«

»Du Armer, dabei war der Schmerz doch schon überwunden, aber diese Geschichte am Schluss.«

»Ganz Vater, immer, wenn ich traurig war oder Probleme in der Schule hatte, kamen ihm Ideen für seine Geschichten.«

»Und dann?«

»Hat er alle, die mich nicht mochten, mich geärgert haben oder vor denen ich Angst hatte, in eine Geschichte eingebaut. Abends vorm Zubettgehen hat er dann die Realität für mich verändert. Plötzlich war ich der Held und am nächsten Morgen bin ich allen, ob Lehrern oder bösartigen Schülern wieder mit erhobenem Kopf entgegengetreten.«

»Das ist einfühlsam. Du hattest einen guten Vater.«

»Ja, so war er, egal, was auch passierte, wie schlimm die Katastrophe auch war, ich wusste, spätestens am Abend würde er meine Welt wieder in Ordnung bringen.«

»Das hast du mir nie erzählt.«

»Ich weiß, es war zu schön, hätte mich an all die guten Momente erinnert. Das hatte ich verdrängt, um ihn leichter hassen zu können.«

»Hast du das wirklich je getan?«

»Ich weiß es nicht, aber er hat dich in den Schmutz gezogen, wollte, dass wir uns trennen.«

»Er hat es bereut.«

»Ja.«

»Und jetzt?«

»Ich vermisse ihn, wünschte er würde kommen und auch diese Geschichte verändern, aber das kann er nicht.«

»Nein, das kann er nicht, er ist tot, aber er hat dich geliebt und er wusste ganz sicher, dass du lediglich ein junger Esel bist und ihn geliebt hast.«

»Ich bete, dass es so ist.«

»Es ist so und – kannst du das als Ende akzeptieren?«

»Ich bin mir nicht sicher, ich hatte immer dieses Gefühl, als müsste noch etwas kommen.«

»Du meinst einen Abschluss.«

»Irgendwie, ja.«

»Und – ist das keiner?«

»Ich weiß es nicht, auf der einen Seite ja, auf der anderen ist es, wenn es nach Dr. Fisher geht, noch nicht zu Ende, sie will sich nächstes Wochenende wieder mit mir treffen.«

**Pentagon, 03.05.1947 Zentrale (JIOA) Büro Dr. Carpenters**

»Nun, Colonel, was sagen Sie?«

»Ehrlich gesagt, auch wenn Sie mit ihr gesprochen haben, glaube ich nicht, dass unsere kleine Lydia wirklich befriedet ist.«

»Sie meinen, wir sollten ein Auge auf sie haben.«

»Das sollten wir, wie ich gehört habe, ist sie gestern früher gegangen und hat die Akten zum Fall Dr. Rasmus mit nach Hause genommen.«

»Vielleicht wollte sie zu Hause noch etwas nacharbeiten?«

»Möglich, aber daran glaube ich nicht.«

»Was glauben Sie dann?«

»Ich weiß es nicht, aber wir sollten es herausfinden. Meine Quellen im Büro sind der gleichen Ansicht. Sie meinen, die kleine Frau Doktor führt etwas im Schilde.«

»Überwachung?«

»Ich würde noch einen Schritt weitergehen, warum nicht auch einen Blick in ihre Wohnung werfen?«

»Überschätzen wir die Angelegenheit nicht etwas?«

»Und wenn schon, niemand wird eine Rechtfertigung wegen einer kleinen Aktion wie dieser verlangen, wenn aber etwas aus dem Ruder läuft, könnte es unsere ganze Operation gefährden. Und wenn ich das noch anmerken darf, Lydia ist extrem ehrgeizig und hat dazu ein starkes Gerechtigkeitsgefühl, eine wie ich finde sehr gefährliche Mischung.«

»Ok, leiten Sie alles in die Wege, ich muss jetzt gehen.«

**Dr. Jakob ben Levi Goldblum**
144 Bruckner Boulevard  Bronx,
NY 10454

*Washington D.C., den 08.05.1947*
*Sehr geehrter Herr Dr. Goldblum,*
*Sie hatten jetzt ein paar Tage Zeit, sich mit den Aufzeichnungen Ihres*
*Vaters zu beschäftigen und um sich Gedanken über meinen Vorschlag*
*zu machen. Wie schon gesagt, mit Ihrer Unterstützung könnten wir*
*Dr. Rasmus, den Hauptverantwortlichen für Menschenversuche in*
*Dachau und auch den Verantwortlichen für den Tod Ihres Vaters zur*
*Rechenschaft ziehen. Sie haben ja den letzten Tagebucheintrag gelesen,*
*der direkt an Dr. Rasmus gerichtet war.*
*Ich schlage vor, wir treffen uns am 20. am gleichen Ort und zur*
*gleichen Zeit wie beim letzten Mal.*
*Mit besten Grüßen*
*Dr. Lydia Fisher*

**Dr. Lydia Fisher**
Kriegsministerium Pentagon
Washington D.C.
1400

*New York, den 10.05.1947*
*Sehr geehrte Frau Dr. Fisher,*
*ich habe lange mit meiner Frau darüber gesprochen und wir sind uns ei-*
*nig, dass wir das Unrecht, das meinem Vater zugefügt wurde, nicht un-*
*gesühnt lassen wollen. Doch ich hätte eine Bitte, könnten wir uns näher*
*an meiner Wohnung treffen, denn der Weg zu Fuß dauert zwei Stunden,*
*und wie ich beim letzten Mal schon angedeutet habe, ist meine Lage als*
*arbeitsloser Wissenschaftler mit einer ebenfalls arbeitslosen Frau nicht*
*die beste, so dass ich mir ein Taxi nur ausnahmsweise leisten kann.*
*Vielleicht könnten Sie ja zu mir nach Hause kommen, so könnte*
*auch meine Frau an unserem Gespräch teilnehmen, das wäre mir wichtig,*

73

*schließlich ist sie genauso von unseren Entscheidungen betroffen wie ich.*
*Mit freundlichen Grüßen*
*Dr. Jakob ben Levi Goldblum*

**Dr. Jakob ben Levi Goldblum**
144 Bruckner Boulevard  Bronx,
NY 10454

*Washington D.C, den 14.05.1947*
*Sehr geehrter Herr Dr. Goldblum,*
*entschuldigen Sie, dass ich nicht selber daran gedacht habe.*
*Als Wiedergutmachung möchte ich Sie und Ihre Frau ins Restaurant unseres ersten Treffens einladen. Natürlich übernehme ich auch das Taxi.*
*Bitte nehmen Sie diese Einladung an, denn das Pentagon bezahlt wirklich gut und ich würde es mir wünschen.*
*Mit besten Wünschen*
*Dr. Lydia Fisher*
*P.S. Ich freue mich, Ihre Frau kennenzulernen und es ist bestimmt eine gute Idee, eine dritte Meinung zu hören.*

**New York, 16.05.1947**
»Was hältst du davon?«
»Ich finde es sehr nett.«
»Und – willst du mitkommen?«
»Natürlich, es interessiert mich und weißt du, wie lange wir nicht mehr essen waren?«
»Ich kann mich kaum erinnern.«
»Eben, und warum sollte man das Angenehme nicht mit dem Nützlichen verbinden?«
»Und du findest es nicht peinlich?«
»Nein, denk doch daran, sie hat Glück gehabt und einen Job bei der Regierung ergattert, während du dich als Doktor der Physik mit Gelegenheitsarbeiten über Wasser halten musst.«
»Vermutlich hast du Recht.«

**Dr. Lydia Fisher**
**Kriegsministerium Pentagon**
Washington D.C.

~~~~~~~~~~~~~~~~~~~~~~~~

*New York, den 16.05.1947*
*Sehr geehrte Frau Dr. Fisher,*
*gerne nehmen wir Ihre Einladung an. Vielen Dank*
*Wir treffen uns also am 20. um 20 Uhr im Lokal.*
*Mit freundlichen Grüßen*
*Dr. Jakob ben Levi Goldblum*

**Pentagon, 19.05.1947 Zentrale (JIOA) Büro Dr. Carpenter**

»Dr. Carpenter?«

»Colonel, was gibt es?«

»Das sind die Ergebnisse unserer ersten Nachforschungen.«

»Briefe?«

»Lesen Sie sie.«

»Ach du großer Schotte.«

»Sie sagen es.«

»Und wieder geht es um Dr. Rasmus.«

»Sie hat zu früh zu viel erreicht und den ersten Rückschlag kann sie nicht verwinden.«

»Sie meinen, dass Sie sie vom Fall Dr. Rasmus abgezogen haben?«

»Seien Sie versichert, das ist es und jetzt ist Lydia davon besessen, diesen Fall auf ihre Weise zu lösen.«

»Ja, ja, so ist es wohl, aber was tun wir jetzt und welche Rolle spielen die Doktoren Goldblum in der Sache?«

»Ich habe mir die Akten dahingehend noch einmal angesehen.«

»Dr. Goldblum war einer der führenden Experten der Materialforschung in der Luft- und Raumfahrtforschung vor der Machtübernahme der Nazis.«

»Aber als Jude?«

»Genau.«

»Aber wie ist die Verbindung zu Dr. Rasmus?«

»Rasmus und Goldblum waren Kollegen im Luftfahrtforschungs-Institut der Luftwaffe in Berlin-Adlershof. Und als Rasmus von der Verhaftung Goldblums gehört hatte, hat er ihn nach Dachau verlegen lassen.«

»Er wollte ihn sich nutzbar machen.«

»So ist es. Es hat ein längeres Hin und Her gegeben, an dessen Ende Rasmus Goldblum, der nicht bereit war, mit ihm und den Nazis zusammenzuarbeiten, zu einem Probanden seiner Versuche gemacht hat. Es ging dabei darum, wie lange Menschen es in eiskaltem Wasser aushalten können. Er hat es nicht überlebt.«

»Zweifellos Zweck der Übung.«

»Rasmus ist nicht der Feinfühligste, aber das ist ja auch nicht die Aufgabe eines Forschers.«

»Ja, ja, aber lassen wir das. Sagen Sie mir lieber, wie genau kommt der Sohn von Dr. Goldblum ins Spiel?«

»Der ist noch rechtzeitig vor der Machtübernahme Hitlers herausgekommen. Er hat hier studiert, promoviert und hat inzwischen die amerikanische Staatsbürgerschaft.«

»Und?«

»Das Problem ist, Goldblums Tagebuchaufzeichnungen aus Dachau sind nicht vernichtet worden. Er hat dort herzzerreißende Nachrichten an seinen Sohn geschrieben. Die hat Lydia beim Studium von Rasmus' Akten gelesen und hat sich wohl überlegt, dass der Sohn eines sogenannten Opfers ein guter Verbündeter im Feldzug gegen Dr. Rasmus und letztlich gegen uns sein könnte.«

»Wie sollten wir Ihrer Meinung nach jetzt vorgehen?«

»Zunächst sollten wir das Treffen morgen observieren und abhören lassen, um in Erfahrung zu bringen, was der Sohn von Goldblum weiß und wie viele Mitwisser es noch gibt.«

»Tun Sie das.«

»Sollten wir Dr. Rasmus informieren?«

»Ich denke nicht, er ist gerade dabei, sich in seine neue Identität einzuleben. Wie ich gehört habe, arbeitet er auch schon hervorragend mit unseren eigenen Leuten zusammen. Von Dr. Rasmus, ich meine Professor Dr. Smith, werden wir noch einiges hören.«

»Frau Dr. Fisher, das ist meine Frau.«

»Frau Goldblum, schön, dass wir uns kennenlernen, ich bin Lydia Fisher.«

»Hallo, mein Mann hat mir schon von Ihnen erzählt.«

»Natürlich, wollen wir uns setzen? Eigentlich hatte ich in der Ecke einen Tisch reserviert, aber irgendetwas ist schiefgelaufen, so müssen wir mit diesem hier in der Mitte vorliebnehmen.«

»Der Platz ist doch auch gut, wirklich ein sehr schönes Restaurant.«

»Das finde ich auch, und das Essen ist ausgezeichnet. Immer wenn ich in New York bin, versuche ich wenigstens einmal hier zu essen.«

»Sind Sie öfter hier?«

»Ab und an komme ich dienstlich hierher und dann gönne ich mir immer eine Nacht im Hotel und ein feudales Abendessen in diesem Restaurant.«

»Das ist praktisch, ich meine, dass Sie Dienstliches und Angenehmes verbinden können.«

»Das ist es, aber sollten wir nicht bestellen? Da kommt der Kellner, was wollen Sie trinken?«

»Für mich ein Budweiser.«

»Für mich auch.«

»Gut, also bringen Sie drei Budweiser und die Karte.«

»Sehr wohl.«


Logan. Es war Zufall gewesen; beim Hinausgehen aus dem Lokal hatte Lydia ihn auf der anderen Straßenseite gesehen. Lydia kannte den Mann, der sich wie zufällig genau gegenüber des Restaurants ganz zwanglos mit einem jungen Mädchen unterhielt. Der Colonel ließ sie überwachen. Kurz lächelte sie. Dem Colonel war ein Fehler unterlaufen. Bei aller Akribie, mit der er Einsätze plante, mit der er alle Fallstricke bedachte, hatte er ihren ersten Einführungslehrgang als Geheimagentin übersehen. Dort war Logan, so war sein Codename gewesen, einer von 100 Teilnehmern. Unter normalen Umständen hätte sie sich wohl nicht erinnert, denn ihr Erinnerungsvermögen für Gesichter war schlecht und fast ein Grund gewesen, warum sie ihren Posten beim Pentagon nicht bekommen hätte. Aber Logan hatte sich in ihr Gedächtnis eingebrannt, selten hatte sie einen so gutaussehenden Mann gesehen, der die Ausstrahlung eines Nacktmulls hatte.

Der Colonel ließ sie also überwachen. Zweifellos waren dann die Tische mit Leuten vom Überwachungsdienst besetzt gewesen. Deswegen auch die Änderung der Platzreservierung. Es hätte Lydia auffallen müssen. Aber hatte sie nicht auch eine leichte Zurückhaltung des Besitzers bei der Begrüßung gespürt? Natürlich – er war angespannt – schließlich ging er davon aus, eine russische Agentin vor sich zu haben, die über Leichen ging. Sie wussten also Bescheid und spätestens morgen früh würden der Colonel und Dr. Carpenter weitere Schritte gegen sie einleiten. Lydia war sich darüber im Klaren. Sie war in Gefahr. Der Colonel kannte keine Skrupel und Dr. Carpenter? Er hatte zwar noch so etwas wie ein Gewissen, aber eine ganze Operation deswegen in Gefahr zu bringen, so weit ging es auch bei ihm nicht. Lydia musste sich anstrengen, während der Taxifahrt das Gespräch mit den Goldblums nicht versiegen zu lassen. Sie hatte Angst, wusste aber, dass es nur eine Möglichkeit gab, aus der Sache unbeschadet herauszukommen: weitermachen. So war es ihr durchaus recht gewesen, als sich das Gespräch auf die private Situation der Goldblums verlagerte. Sie erfuhr, dass Dr. Goldblum, wie sein Vater Physik und Chemie studiert und in Physik promoviert hatte. Ihr wurde klar, warum er, trotz des wirtschaftlichen Booms, mit seiner Qualifikation keinen Job bekam. Antisemitische Vorurteile waren bis dahin ihre Vermutung gewesen. Sie selbst wusste um diese überall verbreiteten Vorurteile. Wie gut war ihr die Frage des Colonels bei ihrem Bewerbungsgespräch in Erinnerung geblieben.

»Sie heißen Lydia, aber Sie sind doch keine Jüdin?« Lydia konnte ihn damals beruhigen.

»Lydia ist nur der Name einer Schauspielerin, die mein Vater verehrt hat.«

»Sicher einer Jüdin, aber dafür können Sie ja nichts.«

Der Wechsel ins Pentagon wäre nicht zustande gekommen, wenn sie Jüdin gewesen wäre, dessen war sich Lydia sicher. Aber das war nicht der Grund für die Arbeitslosigkeit Dr. Goldblums. Trotz des überall vorhandenen Antisemitismus hätte ein so qualifizierter Mann eine Anstellung bekommen. Der wahre Grund war tragisch. Seit er von den Praktiken in den Konzentrationslagern in Deutschland erfahren hatte, bekam Dr. Goldblum Junior in unregelmäßigen Abständen leichte epileptische Anfälle. Er begann zu sabbern, ihm lief Speichel aus dem Mund und er konnte in diesem Zustand nur unverständlich lallen. Die Anfälle dauerten nie länger als ein paar Minuten, aber sie führten immer zu einer sofortigen Kündigung. Kurz hatte Lydia wirkliches Mitleid empfunden, sogar die Angst um ihr Leben verdrängt, aber sobald die Goldblums aus dem Taxi gestiegen waren, kam die Angst wieder und erst jetzt mit allen hässlichen Nebenwirkungen. Sie drehte sich auf dem Weg in ihr Hotel immer wieder um. War da nicht der rote Pontiac schon zu lange hinter ihrem Taxi hergefahren? Nein, er bog ab, aber vielleicht hatte er nur die Plätze getauscht und der schäbig aussehende Ford, der jetzt direkt hinter ihnen fuhr, hatte übernommen. Nein, so gingen sie nicht vor, die Richtlinie bei einer Verfolgung war, nie direkt hinter dem zu observierenden Objekt fahren, immer schön in zweiter, wenn möglich sogar in dritter Reihe bleiben. Aber was, wenn der Colonel den Befehl gegeben hatte, diese Regeln zu ändern, weil Lydia sie kannte? Schweiß bildete sich auf ihrer Stirn und unter den Achseln, es begann zu brennen. Konnte Schweiß brennen? Sie wusste es nicht.

»Alles ok, Lady?« Lydia erschrak und kehrte in die Gegenwart zurück. Sie sah nach vorn. Der Taxifahrer, was wäre einfacher, als ihn auf sie anzusetzen? Sollte er sie ausschalten?

»Es ist alles in Ordnung, ich bin nur müde. Fahren Sie zum Hotel.«

»Wie Sie wollen.« Lydia fluchte in sich hinein. Das Pentagon konnte es sich noch nicht leisten, sie auszuschalten, das würde erst eine Option sein, wenn sicher war, dass Lydia keine Absicherungen getroffen hatte, die ihnen gefährlich werden konnten. Das Pentagon, Lydia schmunzelte, jetzt war schon das ganze Pentagon hinter ihr her. Sie hatte es mit Dr. Carpenter und der Abteilung zu tun, ihr direkter Gegenspieler war der Colonel, gewitzt, mit allen Abwassern gewaschen, aber er wusste nicht, ob Lydia Anwälte, Presse oder Notare eingeschaltet hatte. Noch nicht. Sie musste ruhig bleiben.  Ok, was war zu tun? Es blieben zwei Optionen, so lange der Colonel und seine Leute im Unklaren waren. Absicherungen schaffen, verdammt, warum hatte sie nicht vorher daran gedacht? Wer kam in Frage? Dr. Martin, der Anwalt und Freund ihres Vaters, der auch sein Nachlassverwalter gewesen war. Nein, das war zu leicht, darauf würden sie zu schnell kommen. Reporter waren eine andere Möglichkeit, aber sie hatte keinen an der Hand. Wem konnte man trauen, wer würde mit der Veröffentlichung warten, bis sie ihr Go gab? Wie schnell konnte so eine Sache verpuffen, wenn sie nicht richtig inszeniert wurde? Und natürlich gab es nicht wenige Reporter, die auf der Lohnliste des Pentagon standen. Freunde? Sie hatte keine, Liebhaber, da gab es einige, aber zu keinem hatte sie  weiter Kontakt gehalten. Wozu auch, mehr als Sexpartner, mit denen sie ab und zu in Kinos oder Restaurants Zeit verbrachte, waren sie allesamt nicht gewesen. Lydia war mit ihrem Job verheiratet. Wie klischeehaft sich das anhörte, aber es stimmte. Und jetzt stand die Scheidung ins Haus, in der jede Menge schmutzige Wäsche gewaschen werden sollte. Auf einmal fühlte sich Lydia einsam, ihr wurde schlagartig klar, wie eindimensional ihr Leben war. Es gab die Arbeit und sonst nichts. Sie hatte niemanden, ihre Eltern waren tot. Sicher, es gab noch zwei Cousinen, aber mit denen hatte sie eine Ewigkeit keinen Kontakt gehabt. Sie wusste plötzlich nicht mehr, warum sie das alles tat. Ihr Leben war doch nicht schlecht gewesen, wie viele Menschen hätten sich nach so einem Leben gesehnt. Und sie? Sie setzte alles aufs Spiel, wofür, für die Gerechtigkeit? War sie wirklich so ehrbar oder ging es ihr viel mehr um verletzten Stolz, um die Chance, sich zu beweisen und letztlich um Rache? Das Taxi hielt, Lydia bezahlte und ging auf das Hotel zu. Sie betrachtete die Personen in der Eingangshalle. Der Page, der Nachtportier und zwei Pärchen, die an der kleinen Bar versackt waren. Die Bar im Eingangsbereich, wer hatte sich das nur ausgedacht, jeder Neuankömmling störte doch die Intimität eines solchen Ortes. Keiner nahm Notiz von ihr, erst als sie direkt vor der Rezeption stand, kam der Nachtportier aus dem hinteren Bereich auf sie zu.

»Frau Dr. Fisher, Ihr Schlüssel.«

In ihrem Zimmer angekommen, warf sie sich auf die dünne Matratze, die ihr aus der letzten Nacht deprimierend bekannt vorkam. Kurz hatte Lydia überlegt, ob sie das Zimmer nach Wanzen absuchen sollte, aber den Gedanken hatte sie schnell verworfen. Natürlich waren Wanzen da, aber das war nicht wichtig, wichtig war, dass nicht der Verdacht aufkeimte, dass sie etwas von ihrer Existenz ahnte. Das war ihre einzige Chance. Lydia schloss die Augen. Die Geräusche der Nacht, die von der Straße nach oben drangen, verschmolzen mit dem Dröhnen der Klimaanlage zu einem bedeutungslosen Ton, der sie in den Schlaf begleitete.

»Was denkst du?«

»Sie ist nett, und ich finde nicht, dass sie etwas von einer Eisskulptur hat.«

»Nicht? Vielleicht war sie in deiner Gegenwart etwas aufgeschlossener?«

»Du meinst von Frau zu Frau.«

»So etwa, aber ich meinte nicht, was du über sie denkst.«

»Ich weiß, aber das war leichter, das andere ist von großer Tragweite.«

»Ja, aber ich glaube, es ist richtig.«

»Glaubst du? Und was ist, wenn es nicht so reibungslos funktioniert, wie Dr. Fisher es verspricht?«

»Keine Ahnung, eins ist sicher, die Regierung wäre von der Idee nicht begeistert.«

»Glaubst du, wir sind in Gefahr?«

»Es könnte sein.«

»Und willst du weitermachen?«

»Ja schon, aber was ist mit dir?«

»Ich denke, wir sollten das Risiko eingehen, denn wenn man Dr. Fisher glauben darf, ahnt niemand etwas von ihrem Vorhaben und die Aussicht, dass du am Ende einen sicheren Job bei der Regierung bekommst, nach all den frustrierenden Absagen ...«

»Komisch, daran habe ich gar nicht gedacht. Weißt du, was mich die ganze Zeit bewegt?«

»Was denn?«

»Dass Frau Dr. Fisher kein Bild von Dr. Rasmus hat, dass sie nicht weiß, wie er jetzt heißt. Stell dir vor, ich treffe ihn zufällig auf der Straße oder er steht in der Busschlange vor mir und ich wüsste nicht, wer er ist. Ich weiß nicht, das macht mich verrückt.«

»Du meinst, wenn alles vorbei ist, weißt du, wie er aussieht und du kannst dir ein Bild von ihm machen?«

»Vielleicht, vielleicht ist es auch nur der Wunsch, meinen Schmerz und meinen Hass an etwas fest zu machen.«

»Also, lass uns weitermachen.«

»Ich liebe dich.«

### Abhörteam New York nähe Central Park, 20.05.1947, 00:10 Uhr

»Haben Sie alles?«

»Jedes Wort.«

»Gut, dann schicken Sie diese Aufzeichnung direkt ins Büro des Colonels.«

»Wird gemacht.«

### New York, 21.05.1947 in einem kleinen Hotel

Lydia wachte nach einem traumlosen Schlaf durch das Klingeln des Telefons auf.

»Guten Morgen, es ist 7:00 Uhr. Sie wollten geweckt werden.«

»Vielen Dank.«

Lydia legte auf. Mit dem Klicken des Telefonhörers traf die Klarheit sie wie ein Blitz.

Gestern Abend hatte sie nur über sich und ihre Sicherheit nachgedacht. Was war mit den Goldblums, musste sie ihnen nicht klaren Wein einschenken und zu ihrer Sicherheit das Ganze beenden?

Nein, das konnte sie nicht, sie würde sie beschützen, würde einen Ausweg finden und wenn nicht? Sie ließ diese Frage in der Luft hängen, beachtete sie nicht mehr, wie einen alten Mantel, der ausgedient hatte. Lydia zog sich an, packte schnell ihre Sachen und machte sich auf den Weg zur Rezeption.

»Bitte die Rechnung und bestellen Sie mir ein Taxi.«

»Sehr gern, einen Moment.«

Der Concierge zog sich zurück, Lydia sah sich um. Es waren vier Personen in der Halle, der Concierge, eine Putzfrau und zwei Männer, die zu den Pärchen von gestern Abend gehörten. Sie wusste nicht, ob sie immer noch oder schon wieder an der Theke standen. Aber Lydia war sich sicher, sobald sie das Hotel verlassen würde, würden auch diese beiden schleunigst aufbrechen, vermutlich warteten draußen die beiden Frauen in zwei Wagen auf sie.

»Hier Ihre Rechnung, das Taxi ist gerade vorgefahren.«

**Pentagon, 21.05.1947 Zentrale (JIOA) Büro Dr. Carpenter, 9.00 Uhr**

»Ah, Colonel, kommen Sie rein und setzen Sie sich.«

»Danke.«

»Nun? Was haben unsere Leute berichtet?«

»Es ist alles gut gelaufen. Nachdem wir den Restaurantbesitzer auf unsere Seite gezogen hatten, war alles problemlos.«

»Die übliche Geschichte?«

»Ganz nach Vorschrift, mit den Ausweisen wedeln, eine Geschichte von bösen kommunistischen Agenten und schon hat der Lokalbesitzer die Platzreservierung unserer Freundin ignoriert und ihr einen Tisch genau in der Mitte des Raumes zugewiesen. So konnten wir unsere Ausrüstung und unsere Leute ganz nach Wunsch platzieren und die drei quasi mit unseren Leuten einkreisen.«

»Drei? Helfen Sie mir kurz auf die Sprünge.«

»Dr. Goldblum hatte seine Frau mitgebracht.«

»Ach ja, das stand ja in den Briefen, fahren Sie fort.«

»Nun, zunächst hat man sich vor dem Essen mit Smalltalk aufgehalten. Danke für die Einladung, was für eine hübsche Frisur sie haben, bla bla bla. Beim Essen ist es dann schon etwas konkreter geworden, da hat man sich über den armen Dr. Goldblum Senior ausgelassen, was für ein toller Mensch er gewesen sei, was er erlitten hat und wie viel Mut dazu gehört, sich dem Bösen zu verweigern und dann noch so eine Geschichte für Dr. Rasmus zu schreiben. Dabei hat sich die Frau des Doktors kaum die Tränen verkneifen können. Taschentuch hier, schnäuzen da, Theatralik pur, wenn Sie mich fragen.«

»Ist das wichtig?«

»Vermutlich nicht. Wie auch immer, das hat unsere Lydia geschickt genutzt, um auf Rasmus überzuleiten, der nicht nur den armen Dr. Goldblum auf dem Gewissen hat, sondern noch unzählige weitere Juden in Versuchen umgebracht hat.«

»Frau Dr. Fisher ist gut, ich weiß schon, warum ich sie in meiner Abteilung haben wollte.«

»Lydia ist begabt, nur schade, dass sie ihre Talente so verschwendet.«

»Und weiter?«

»Nach einer genauen Beschreibung der fürchterlichen Praktiken ...«

»Die Unterdruckkammerexperimente?«

»Die, aber sie hat auch die Unterkühlungsversuche nicht ausgelassen, bevor sie zum Eigentlichen kam.«

»Bitte keinen Spannungsbogen, nur die Tatsachen!«

»Lydia hat die Goldblums angestiftet, mit ihr zusammen an die Presse zu gehen und das Vorgehen des Pentagon am Beispiel von Dr. Rasmus offenzulegen. Im Prinzip will sie das gesamte Projekt Paperclip sabotieren.«

»Und welche Rolle hat sie dabei den Goldblums zugedacht?«

»Die sollen sich möglichst wirksam der Presse präsentieren und möglichst viele Interviews über den genialen, ach so liebenswerten Vater geben, der durch die Schuld von Dr. Rasmus ums Leben gekommen ist, der jetzt durch die Regierung geschützt wird.«

»Wie haben die Goldblums darauf reagiert?«

»Zunächst zurückhaltend. Sie wollten zwar auch, dass der Tod seines Vaters nicht ungesühnt bleibt, aber sich mit der Regierung anzulegen, das war ihnen zunächst doch etwas zu viel.«

»Dabei hat es Dr. Fisher aber nicht bewenden lassen?«

»Sie hat ihren letzten Trumpf aus dem Ärmel gezogen, der wie ich zugeben muss, noch einmal zeigt, wie gut sie ist. Sie hat Goldblum beim ersten Treffen alle seinen Vater betreffenden Akteninhalte mitgebracht, bis auf einen.«

»Sie meinen die Anweisung, Dr. Goldblum zu einem Probanden seiner Experimente zu machen?«

»Hier ist sie, ich habe sie herausgesucht.«

**Dachau 1942 Aktennotiz Dr. Rasmus**
Goldblum ist nicht kooperationsbereit, er hat sich klar gegen eine Zusammenarbeit ausgesprochen, die von ihm verfasste Geschichte ist das letzte deutliche Signal. Mehr bedarf es nicht, er wird jetzt den Kälteversuchen als Proband zugeführt. Die von Reichsführer Himmler vorgeschlagenen Versuche, »Erfrorene« durch die Körperwärme nackter Frauen und eventuellen Beischlaf zu reanimieren, könnten in dieser Versuchsreihe der zweite Schritt sein. Zuerst muss ermittelt werden, wie lange ein Organismus in Eiswasser überlebt, bevor er endgültig seine Funktion einstellt. In dieser ersten Phase müssen die Probanden nach Eintritt des Todes sofort obduziert werden, um das Versagen der Organe genau zu bestimmen. In dieser ersten Phase wird Doktor Goldblum zum Einsatz kommen.

»Das hat vermutlich die Ansicht Dr. Goldblums endgültig für Dr. Fishers Idee eingenommen?«

»Schon, aber unsere Aufzeichnungen aus der Wohnung der beiden, direkt nach dem Treffen, belegen, dass die Goldblums weiterhin Angst und durchaus auch Zweifel an der Aktion haben.«

»Können wir da ansetzen?«

»Das hängt davon ab, wer letztlich den Ton angibt.«

»Sind die beiden uneinig?«

»Eigentlich nicht, allerdings betonen beide unterschiedliche Dinge, warum sie mitmachen wollen.«

»Nun lassen Sie sich nicht bitten.«

»Also die Frau legt ganz klar Wert auf die Aussage Lydias, dass die Regierung nach dem Bekanntwerden der Transaktionen und der Rolle, die Goldblum Senior dabei gespielt hat, gar nicht anders kann, als ihrem Mann – quasi als Wiedergutmachung – einen Posten anzubieten.«

»Und Dr. Goldblum?«

»Der ist deutlich emotionaler, will sich ein Bild von Rasmus machen, will ihn erkennen, wenn er ihn in der U-Bahn trifft. Will irgendwie seinen seelischen Ballast an Rasmus abladen.«

»Was meinen Sie, Colonel, wo sollten wir beginnen?«

»Ganz klar bei der Frau, die hat, wenn mich nicht alles täuscht, die Zügel in der Hand und Goldblum wird ihr wie ein braves Pony folgen.«

»Und?«

»Ich hab da schon so eine Idee. Wenn alles funktioniert, erfüllen wir nicht nur die Wünsche der Frau, sondern auch die des Doktors.«

»Ok, das überlasse ich Ihnen. Kommen wir zu Dr. Fisher, was wissen wir?«

»Zunächst, dass sie mindestens eine Abschrift der Akte von Rasmus gemacht hat.«

»Die, die jetzt die Goldblums haben.«

»Ja, aber wir können nicht ausschließen, dass es noch mehr gibt.«

»Und wir wissen nicht, ob und wenn ja, wem sie die Abschriften zugespielt hat.«

»Genau das ist das Problem. Bei der Durchsuchung ihres Apartments letzte Nacht haben sich auch keine Anhaltspunkte ergeben.«

»Und das bedeutet?«

»Entweder sie ist noch besser als ich dachte, oder aber es gibt nur eine Abschrift.«

»Was denken Sie?«

»Ich denke, sie hatte keine Zeit für mehr als eine Abschrift, denn wenn meiner Informantin nichts entgangen ist, hat die Akte nur einmal das Haus verlassen und am nächsten Tag hat Lydia an Goldblum den ersten Brief geschrieben. Und wenn sie nicht außergewöhnliches Talent im Schreibmaschineschreiben hat, reicht eine Nacht gerade mal, um eine Abschrift anzufertigen.«

»Ich habe ihre Akte gerade noch einmal gelesen. Von so einer Fähigkeit steht da nichts.«

»Und genau deshalb denke ich, sie ist zu emotional gewesen, hat nicht damit gerechnet, dass sie sich immer mehrfach absichern muss, hat nur eine Abschrift gemacht und sich sofort an Goldblum gewendet.«

»Gut, selbst wenn das stimmt, was, wenn sie die Akte fotografiert hat?«

»Das glaube ich nicht, sie hat in ihrer Abteilung immer für Abschriften plädiert, Fotografien oder Mikrofilm hat sie nur im äußersten Notfall genutzt. Wenn möglich, hat sie immer mit Abschriften gearbeitet.«

»Wie sicher sind Sie sich?«

»Ziemlich sicher, wenn man das so sagen darf. Lydia ist altmodisch, bzw. sie mag einfach keine Fotografien, außer ein paar alten Familienfotos gab es keine neuen Aufnahmen, weder von ihr noch von Freunden. Auch haben wir keinen Fotoapparat bei der Durchsuchung gefunden.«

»Glauben Sie wirklich, dass Dr. Fisher so rückständig ist und keinen besitzt? Was, wenn gerade in diesem Augenblick ihr Apparat mit dem dazugehörigen Film in Dritthänden ist?«

»Die Möglichkeit ist leider nicht auszuschließen.«

**Washington D.C., 22.05.1947 Lydias Wohnung**
Sie hatten bei der Durchsuchung nach den Vorgaben des Pentagon keine Fehler gemacht, alles stand genau wieder an seinem Platz. Die Sicherungen, ein angeklebtes Haar hier, eine Tür, genau auf einen Strich justiert, hatten sie bemerkt und alles wieder in den Urzustand zurückversetzt. Doch Lydia hatte sofort das Aftershave von Patterson, dem Spezialist für Durchsuchungen gerochen. Sie hatte sich schon immer gewundert, warum ein so wichtiger Sinn wie der Geruchssinn unterschätzt wurde. Lydia hatte diesbezüglich einmal einen Verbesserungsvorschlag eingereicht, aber der Colonel hatte ihn nur brüsk abgewiesen.

»Was wollen Sie? Sollen wir unseren Leuten befehlen, keinen Knoblauch mehr zu essen?«

Auf ihren Widerspruch: »Nein, es sollten nur alle vor einer geheimen Durchsuchung auf Aftershaves und parfümierte Seife verzichten«, hatte er mit einem arroganten Lächeln geantwortet: »Meine liebe Lydia, es tut mir leid, aber stinkende Mitarbeiter sind nach den Vorschriften des Pentagon verboten.«

Sie waren hier gewesen und jetzt wussten sie, dass es keine weiteren Abschriften gab. Von der kleinen Kamera, die einmal bei einer Fortbildung für alle unbemerkt in ihren Besitz übergegangen war und die sie in ihrer

Handtasche bei sich trug, wussten sie nichts. Sie hatte alles fotografiert, aber wer außer dem Pentagon konnte diese kleinen Filme entwickeln? Selbst wenn Fotografen es konnten, würde dieser Film sofort Verdacht erregen und die Gefahr, dass der Fotograf ein braver Staatsbürger war, der gleich das Pentagon, das FBI oder wenigstens die Polizei informierte, schloss diese Option aus. Was blieb waren Zeitungen; die verfügten über Möglichkeiten, so einen Film zu entwickeln. Aber wo fand Lydia einen vertrauenswürdigen Reporter? Vielleicht sollte Lydia die Abschrift der Goldblums zurückverlangen, um weitere anzufertigen. Aber auch das ging nicht, der Colonel würde es mitbekommen und dann wusste er, dass Lydia sich nicht abgesichert hatte, das wäre das Ende ihres Feldzuges und vermutlich auch ihr eigenes. Sie musste jetzt schnell handeln, wer weiß, wie lange sie noch die Chance hatte, auf die Goldblums einzuwirken. Wenn sie nicht umgehend reagierte, würde Dr. Goldblum als Trumpf in der Öffentlichkeit wegfallen.

**New York, 23.05.1947**

»Die Post.«

»Sieh dir das an, vom Raketenzentrum in Huntsville?«

»Wirklich? Hattest du dich nicht bei denen beworben?«

»Ja, ich hatte mich auf eine Ausschreibung beworben, bei der es um Materialforschung ging, die Stelle hätte der meines Vaters in Adlershof geglichen.«

»Ja, ich weiß noch, wie du dich deshalb fast nicht darauf beworben hättest.«

»Es kam mir so seltsam vor, aber dein Argument, dass Vater stolz auf mich wäre, hat mich dann überzeugt es doch zu tun.«

»Die Absage war dann umso schmerzhafter. Und was wollen die jetzt von dir?«

»Warte ... da, lies selbst.«

*Huntsville 21.05.1947*

*Sehr geehrter Dr. Goldblum,*

*Sie hatten sich vor einem Jahr auf die Wissenschaftsstelle zur Materialforschung bei uns beworben. Leider mussten wir Ihnen*

*trotz Ihrer hohen Qualifikation absagen, da ein Bewerber aus dem eigenen Haus sich auf diese Stelle beworben hatte. Da nun aufgrund des gestiegenen Interesses der Regierung an der Raumfahrt dieser Forschungszweig ausgebaut werden soll, wird zurzeit eine zusätzliche Abteilung, die sich nur mit der Materialforschung in Bezug auf die Bedürfnisse der Raumfahrt beschäftigt, aufgebaut. Sollten Sie noch Interesse haben, würden wir Sie gerne am 25.05.1947 zu einem Vorstellungsgespräch einladen. Bitte finden Sie sich dazu um 9:30 Uhr an der o.g. Adresse ein. Geben Sie diese Einladung beim Pförtner ab, der wird Sie an die zuständige Abteilung weiterleiten.*
*Mit freundlichen Grüßen*
*    i.A. Evans,*
*    Sekretärin Raketenzentrum in Huntsville*
*    Abteilung Materialforschung*


»Wissen sie von deinen Problemen?«

»Ja, ich habe alles in meine Bewerbung geschrieben.«

»Dann ist das die Chance, auf die wir gewartet haben.«

»Vielleicht.«

»Warum so pessimistisch, sie haben sich an dich gewandt. Moment, du denkst, sie könnten herausbekommen, dass du dabei bist, das gesamte Pentagon bloßzustellen?«

»Vielleicht wissen sie es.«

»Das glaube ich nicht, Dr. Fisher hat doch versichert, dass niemand etwas wissen kann.«

»Sie kann sich irren.«

»Stimmt, das kann sie, aber vielleicht ist das gar nicht mehr von Bedeutung.«

»Wie meinst du das?«

»Was wäre, wenn sie dir einen gutbezahlten Posten anbieten und alle unsere Sorgen dahin wären?«

»Und Dr. Rasmus?«

»Vielleicht sollten wir das Ganze realistisch betrachten. Wie wahrscheinlich ist es, dass du ausgerechnet ihm begegnest?«

»Und wenn?«

»Dann wüsstest du es nicht.«

»Aber das ist es doch.«

»Ja, ich weiß, aber weißt du, was ich denke?«

»Ich weiß nicht ...«

»Geh erst einmal zu diesem Bewerbungsgespräch, dann können wir uns doch immer noch entscheiden, was wir tun wollen.«

»Und Dr. Fisher?«

»Die muss sich noch gedulden, schließlich geht es ja nicht nur um sie.«

### Pentagon, 23.05.1947 Zentrale (JIOA) Büro Dr. Carpenters

»Gratuliere, Colonel, das war ein wirklich kluger Schachzug.«

»Ja, da kommt Mann, ich meine Frau, ins Grübeln. Was ist wichtiger, die Moral und das Seelenheil oder ein sicheres Einkommen?«

»Ich denke, Sie haben es richtig eingeschätzt, wer in der Beziehung den Ton angibt. Wenn mich nicht alles täuscht, haben wir die Goldblums.«

»Davon gehe ich aus. Nach der erfolgreichen Bewerbung werde ich die Goldblums persönlich aufsuchen.«

»Gut, eine Frage hätte ich noch, warum Huntsville?«

### Huntsville, 25.05.1947 Raketenzentrum

»Ach, Herr Dr. Goldblum, kommen Sie doch herein, Sie werden schon von Professor Smith erwartet.«

### New York, 26.05.1947

»Und, wie war es?«

»Unglaublich, es ist das, wovon ich immer geträumt habe, ein eigener Arbeitsplatz, für den nur ich verantwortlich bin.«

»Dein eigenes Labor?«

»Nein, so nicht, es wäre ein Arbeitsplatz von vielen in einem größeren Labor, aber jeder Wissenschaftler bekommt eigene Aufträge und auch einen eigenen Etat für seinen jeweiligen Forschungsauftrag.«

»Du arbeitest also für dich alleine.«

»Manchmal werden Aufträge natürlich auch kombiniert und man würde mit anderen Kollegen zusammenarbeiten, aber der gegenseitige Austausch und die Zusammenarbeit gehören natürlich auch dazu.«

»Du klingst so begeistert.«

»Es ist wirklich fantastisch.«

»Glaubst du, dass du den Job bekommst?«

»Professor Smith, das ist der Leiter des Labors ...«

»Das wäre dann dein Chef?«

»Ja, er und dann noch irgendein Abteilungsleiter. Jedenfalls hat er gesagt, dass, wenn ich die Anstellung will, alles andere nur noch Formsache sei.«

»Wie ist er denn so?«

»Professor Smith, der ist sehr kühl, aber er versteht etwas von der Materie, und stell dir vor, er hat Vater mal bei einem Kongress vor dem Krieg getroffen.«

»Und willst du?«

»Und will ich was?«

»Na, den Job?«

»Natürlich will ich, aber sie wollen, dass ich sofort anfange.«

»Das ist doch großartig«

»Schon, aber was ist mit Frau Dr. Fisher?«

»Die kannst du mir überlassen.«


»Ach, Frau Dr. Fisher, mein Mann ist nicht da.«

»Das ist nicht so schlimm, ich wollte nur einen Termin für unser nächstes Treffen mit ihm vereinbaren, aber vielleicht können wir ja auch ...«

»Es tut mir leid, es wird zunächst kein Treffen geben.«

»Ich verstehe nicht?«

»Dann will ich ehrlich sein, die Sache überfordert ihn momentan.«

»Dann ist er da.«

»Ja.«

»Kann ich nicht kurz mit ihm sprechen?«

»Bitte lassen Sie ihm etwas Zeit.«

»Aber Sie verstehen nicht, ich, wir haben keine Zeit.«

»Das verstehe ich nicht, warum ist es auf einmal so eilig?«

»Eilig, darum geht es nicht, nur müssen für so eine Sache alle Schritte geplant und aufeinander abgestimmt werden und ich habe das Ganze schon ins Laufen gebracht, Sie wollten doch auf jeden Fall dafür sorgen, dass das Unrecht, dass Ihrem Schwiegervater zugefügt wurde, nicht ungesühnt bleibt.«

»Schon, aber es hat sich einiges verändert, mein Mann, wir, wir müssen noch einmal über alles nachdenken.«

»Es hat sich etwas verändert, ich verstehe, grüßen Sie Ihren Mann, ich melde mich dann wieder.«

»Gut, tun Sie das, aber bitte nicht gleich nächste Woche.«

»Keine Angst.«

### Washington D.C., 26.05.1947 Lydias Wohnung

Lydia hängte den Telefonhörer ein. Sie wusste, mit den Goldblums konnte sie nicht mehr rechnen, das Pentagon hatte sie gekauft, wie, das war egal. Sie waren schneller aktiv geworden als sie erwartet hatte. Hätte sie daran etwas ändern können, ein höheres Risiko gehen und die Presse informieren? Selbstvorwürfe, dafür war jetzt keine Zeit, denn nach dem Telefonat, das gewiss abgehört wurde, wusste der Colonel, dass Lydia nicht länger im Glauben war, im Geheimen zu operieren. Jeder Anfänger hätte aus der Bemerkung von Senta Goldblum über eine Veränderung in ihrem Leben auf die Beteiligung einer dritten Partei geschlossen. Lydia war alleine, niemand, auf den sie zählen konnte. Blieb die Frage, wann der Colonel auch das herausbekam. Sie musste etwas tun, einen Verbündeten finden. Nur wen? Und wenn sie jetzt volles Risiko ging? Das war die letzte Chance. Sie dachte nach, dafür müsste sie untertauchen, aber vorher brauchte sie noch eine wichtige Information und dazu musste sie ins Pentagon. Lydia hoffte, dass ihr Passwort noch nicht gesperrt war. Sie wusste, heute Nacht oder alles war verloren.

**Pentagon, 26.05.1947 Zentrale (JIOA) Büro Dr. Carpenter**

»Colonel, nehmen Sie sich eine von den Zigarren, die hat einer unserer Leute direkt aus Kuba mitgebracht.«

»Vielen Dank, Sir, es geht nichts über eine gute Zigarre.«

»Wenn wir nicht im Dienst wären, würde ich sagen, nichts geht über eine Havanna und dazu einen guten Whiskey. Aber lassen wir das, was gibt es Neues im Fall Dr. Fisher?«

»Das Telefonat haben wir heute Nachmittag, kurz nach dem Gespräch zwischen den Goldblums, abgehört.«

»Alle Achtung, Frau Goldblum weiß, was sie will, nicht schlecht, wie sie Dr. Fisher abserviert hat, auch wenn sie uns verraten hat.«

»Das spielt keine Rolle mehr, Lydia weiß jetzt, dass sie alleine ist, das zwingt sie zum Handeln.«

»Sie meinen, jetzt können wir feststellen, welche Sicherungen sie eingebaut hat?«

»Ich denke, dass sie noch heute ihre Karten auf den Tisch legen wird.«

»Sind alle Vorbereitungen getroffen worden?«

»Es ist alles bereit, egal wohin sie uns führt oder wen sie noch ins Spiel bringt, wir werden  da sein.«

»Sehr gut.«

**Washington D.C., 27.05.1947 Lydias Wohnung**

Lydia schaute aus ihrem Fenster, da standen sie, direkt vor der Haustür und sie machten sich auch gar nicht mehr die Mühe, im Verborgenen zu agieren. Im Gegenteil, sie blickten unverhohlen zu ihr hinauf. Einen der Beiden kannte sie, er war mit ihr nach Deutschland abgereist, sie hatten in derselben Maschine gesessen. Der Colonel erhöhte den Druck, er wollte sie wissen lassen, du bist am Haken und du wirst uns nicht entkommen. Wenn du dich da mal nicht irrst. Eine Sache wusste der Colonel nicht, Lydias Vater war ein begeisterter Bergsteiger gewesen. Es standen anspruchsvolle Bergtouren auf dem Urlaubsprogramm ihres Vaters. Das würde Lydia vielleicht heute von Nutzen sein. Ihre Wohnung war im Dachgeschoss eines dreistöckigen Hauses. Um nach unten in den Garten zu gelangen, der wie sie hoffte, nicht bewacht wurde, musste sie über das Spitzdach zum Dachvorsprung, um sich von da hinabzulassen. Selbst mit einer mittelmäßigen Ausrüstung für harmlosere Bergtouren wäre das kein Problem gewesen, wenn sie ein Seil in ihrer Wohnung oder am Schornstein befestigt hätte. Nur hatte Lydia weder eine Ausrüstung noch ein Seil. Also musste sie improvisieren. Wie in einem billigen Ausbruchsroman knotete sie Bettlaken, Bettwäsche und ihre Badetücher zusammen. Nach dem ersten Ausflug aufs Dach musste sie allerdings feststellen, dass ihr provisorisches Seil gerade mal vom Dachvorsprung bis etwa drei Meter über dem Erdboden reichte. Genau konnte Lydia es nicht erkennen, doch es würde nicht lebensgefährlich sein, den Sprung vom Ende des Seils zu wagen. Nur wo fand sie eine Befestigungsmöglichkeit? Weder gab es Haken oder Stiegen für den Schornsteinfeger auf dieser Seite des Daches, noch konnte sie die Balken, die unterhalb des Daches hervortraten, erreichen. Was konnte sie tun? Einfach das Haus verlassen und versuchen, ihre Verfolger loszuwerden? Lydia schüttelte innerlich den Kopf. Es würde nur die erste Garde sein, die heute Nacht den Auftrag hatte, sie zu beschatten. Ihnen zu entkommen, so wahrscheinlich, wie mit ihrer Erfahrung unbeschadet den Mount Everest zu besteigen. Das war ein Traum ihres Vaters gewesen, aber weiter als bis auf den Mount Rushmore war er nie gekommen. Wieder schüttelte Lydia den Kopf und die überflüssigen Gedanken ab, was konnte sie tun? Sie lief durch ihre Wohnung vom Wohnzimmer ins Schlafzimmer in die Küche. Es half Lydia, sich beim Denken zu bewegen. In der Küche angekommen, griff sie nach der Kaffeekanne, sie trank den Rest, ohne sich die Mühe zu machen, eine Tasse zu benutzen. Als sie die Kanne mit Schwung absetzte, zerbrach sie. Das dabei entstehende Geräusch erinnerte Lydia an etwas. Einmal hatte sie, kurz vor ihrem 15. Geburtstag bei ihrer Cousine übernachtet. Sandra war schon 17 und wollte Lydia zu einer Tanzveranstaltung mitnehmen. Die Aufregung, Jungs zu treffen und ohne Aufsicht tanzen zu können, war der Grund für Lydia gewesen zu vergessen, wie arrogant und dumm ihre Cousine eigentlich war. Aber das Opfer war umsonst gewesen, denn es gab eine Hurricanewarnung und ihr Onkel hatte den beiden verboten, das Haus zu verlassen. Zwar war der Hurricane ausgeblieben, aber der aufkommende Sturm hatte genügt, um einige Dachziegel vom Dach zu wehen. Das gedämpfte Geräusch der Dachpfannen auf dem umlaufenden Schotterweg hatte sich genauso angehört wie das Zerschlagen der Kaffeekanne. Gleich morgens waren die Dachdecker gekommen, um die fehlenden Pfannen zu ersetzen. Neugierig und von den muskulösen Oberkörpern der Dachdecker angezogen, hatte sie zusammen mit ihrer Cousine am Dachfenster Stellung bezogen. Dabei hatte sie gesehen, wie die Arbeiter weitere Dachpfannen abnahmen, um eine defekte Latte auszutauschen und an den darunterliegenden Balken eine neue zu befestigen, bevor die Dachziegel ersetzt wurden. Wenn es ihr gelang, einen der Dachziegel aus dem Verbund zu lösen, konnte sie ihr Seil entweder an einer Dachlatte befestigen oder die darunterliegende Dachpappe aufschneiden und einem Balken als Befestigungspunkt nutzen. Lydia schwang sich aus dem Fenster und kletterte mit äußerster Vorsicht an den Rand des Daches. Mit einer Hand Halt suchend, versuchte sie eine der Dachpfannen anzuheben und zu bewegen. Der erste Versuch scheiterte, da es ihr nicht einmal gelang, einen Dachziegel anzuheben, das Moos und der Dreck vieler Jahre wirkten wie Kitt. Erst, als sie mit einem Messer aus der Küche immer und immer wieder an der Fuge entlangfuhr, begann sich eine der Pfannen zu lösen. Sie musste mit beiden Händen ziehen, so gelang es ihr, eine der Ziegel in der Führung ein wenig hin und her zu schieben. Ein kleines Stück, dann etwas mehr und plötzlich hörte der Widerstand auf und der Dachziegel flutschte mit Schwung aus der Führung. Lydia wäre vom Dach gefallen, hätte sie ihn nicht losgelassen. Sie klammerte sich mit beiden Händen in der entstandenen Öffnung fest. Aber der Dachziegel rutschte über die letzte Ziegelreihe, fiel über die Kante und in ein Blumenbeet. Lydia war schweißgebadet. Obwohl der Aufprall so gut wie kein Geräusch gemacht hatte, kauerte sie sich auf das Dach und wagte nicht sich zu bewegen. Nichts geschah, Lydia horchte weiter in die Dunkelheit, bevor sie damit begann, die nächsten Pfannen zu lösen, um an die darunterliegende Dachlatte zu gelangen. Jetzt, nachdem eine Pfanne fehlte, ging die Arbeit leichter. Lydia musste sich beeilen, denn der Abstieg war nur die erste Aufgabe dieses Abends, danach stand ihr noch der Weg zum Pentagon und das Betreten des Gebäudes bevor. Trotzdem brachte sie jeden gelösten Dachziegel in ihre Wohnung, sie wollte nicht riskieren, dass noch einer herunterfiel und vielleicht auf einem Stein zerschlug und der Lärm die Aufmerksamkeit des Observationsteams auf sich zog. Es kam ihr wie Stunden vor, bis sie die Dachlatte freigelegt und ihr provisorisches Seil daran befestigt hatte. Dann kletterte sie ein letztes Mal in ihre Wohnung, packte einen Rucksack, mit allem, was sie brauchte, ihren Pentagondress, Kleidung für die kommenden Tage und natürlich die kleine Kamera. Weder der Abstieg noch der Sprung aus drei Metern Höhe bereiteten ihr Probleme. Ihr Training, zahlte sich aus. Unten angelangt, war sie zum nächstgelegenen Taxistand gelaufen. Am Pentagon angekommen, zeigte sich, dass auch der Colonel Fehler machte. Sie kam ohne Probleme in das Gebäude oder war das bereits eine Falle, gehörte es zu seinem Plan? Das wollte sie nicht glauben, jetzt kam es darauf an, in die richtige Abteilung zu gelangen, ohne dem Kollegen zu begegnen, der Nachtdienst hatte. Sie ging über die Treppe, die meisten Mitarbeiter des Pentagon nahmen den Aufzug. Wenn sie diesen Teil überbrückt hatte, kam der schwierigste, sie musste den Flur passieren, in dem der Nachtdienst saß. Leise und sehr langsam öffnete sie die Tür vom Treppenhaus, von hier konnte sie den Glaskasten sehen, in dem, sie konnte es nicht glauben, Johnson saß. So viel Glück konnte man doch gar nicht haben. Schwergewicht-Johnson, der keine Möglichkeit ausließ, in die Küche zu gehen und sich an den Vorräten der Kollegen zu bedienen. Es war nur eine Frage der Zeit, dass er Appetit bekam und sich in der Küche zwei Stockwerke unterhalb seiner Abteilung etwas aufwärmte. Auch war bei ihm die Gefahr gebannt, dass er die Treppe nehmen würde. Lydia konnte sich ein Lächeln nicht verkneifen, als er keine fünf Minuten, nachdem sie ihren Posten bezogen hatte, zum Fahrstuhl ging. Sobald sich die Fahrstuhltür geschlossen hatte, wollte Lydia in das Büro laufen, in dem sich auch ihr Arbeitsplatz befand, würde an den Schreibtisch von Hunter gehen, der für die neuen Existenzen ehemaliger Nazis verantwortlich war, sich die Akte Dr. Rasmus schnappen, nachlesen, wie er jetzt hieß und wo er eingesetzt war, sie zurückstellen und auf dem gleichen Weg verschwinden. Der Fahrstuhl setzte sich in Gang. Lydia spurtete los. Geschafft, passte ihr Schlüssel noch? Perfekt, Tür zu und zum Aktenschrank. Wenn das der Colonel wüsste. Hunter hatte es nicht einmal für notwendig erachtet, den Schrank abzuschließen. So brauchte Lydia ihre Ausrüstung, bestehend aus Hammer und Schraubenzieher, nicht bemühen. A, G, R, Rasmus, da war sie. Smith also, leitender Professor des Labors für Materialforschung, wie einfallslos und aus dem Doktor hatten sie gleich einen Professor gemacht, warum nicht, das erklärt die leitende Tätigkeit, die man ihm in Huntsville hatte zukommen lassen. Vermutlich auch eine von Rasmus' Bedingungen für die Zusammenarbeit. Sie konnte gehen, sie hatte alles, was sie wollte.

Das Licht ging an.

»Guten Abend Frau Doktor.«

»Verdammt! Oh, guten Abend Johnson, ich hatte noch etwas vergessen, und da ich gerade bei einer Freundin in der Nähe war, dachte ich, ich hole es schnell, dann kann ich an dem Fall am Wochenende weiterarbeiten.«

»Verstehe, aus dem Schreibtisch von Doktor Hunter?«

»Ja, wir arbeiten zurzeit an einem gemeinsamen Fall, deswegen ...«

»Geben Sie sich keine Mühe, ich weiß, dass der Colonel Sie nicht mehr lieb hat.«

»Ok, was passiert jetzt? Rufen Sie den Sicherheitsdienst oder ist das schon geschehen?«

»Langsam, nicht so schnell, der Colonel kann Sie also nicht leiden?«

»So könnte man wohl sagen.«

»Sie haben ihn, wenn der Buschfunk es richtig weitergeleitet hat, sogar als Schwein bezeichnet.«

»Woher wissen Sie?«

»Ach, Rosi, die Sekretärin des Colonels, ist eine alte Schulfreundin von Guthree, die hat es ihm erzählt und was Guthree weiß, weiß meist nicht nur unsere Abteilung.«

»Aber was hat das hiermit zu tun?«

»Ganz einfach, der Colonel ist wirklich ein Schwein, ich kann gar nicht sagen, wie oft er mich wegen meiner kleinen Schwäche zu sich gerufen hat. Dabei hat er das Wort Schwein noch mit den Adjektiven »fettes« und »verfressenes« versehen. Da wusste er allerdings noch nicht, dass mein Vater ein Admiral ist. Seitdem ist er scheißfreundlich zu mir, neulich hat er mir sogar Kuchen mitgebracht.«

»Das ist ...«

»Kaum zu glauben. Doch, doch, er will wohl auf seine alten Tage noch auf der Karriereleiter aufsteigen.«

»Und, wie war der Kuchen?«

»Richtig leckere Sahnetorte, da hat er sich ins Zeug gelegt, aber so tief bin ich noch nicht gesunken. Ich habe ihm gesagt, der Kuchen passe nicht in meinen Diätplan. Dann habe ich mir ein Stück Schokolade in den Mund geschoben. Der war wütend!«

»Wow, da wäre ich gerne dabei gewesen. Wenn sich das rumspricht.«

»Hat es, ich habe gleich danach Guthree angerufen.«

»Johnson, ich habe Sie verkannt.«

»Warum? Weil ich fett bin?«

»Nein!«

»Nein?«

»Ok, doch, und weil Sie mir mal meine Pizza aus dem Kühlschrank geklaut haben.«

»Oh, die war lecker, hatten Sie sie selbst gemacht?«

»Sie erinnern sich?«

»Solche Highlights zwischen Erbsensuppe, Hamburgern und Käsesandwiches vergisst man nicht. Das wollte ich Sie damals schon fragen, da waren Sie aber noch etwas angefressen. Können Sie mir das Rezept von dem Teig geben? Der war grandios.«

»Das Rezept habe ich von meiner Großmutter, es ist eigentlich geheim, aber in diesem Fall, das heißt, wenn ich hier rauskomme.«

»Da machen Sie sich mal keine Sorgen, wenn ich das alles richtig verstehe, sind Sie momentan auf der roten Liste und Sie sind trotzdem hier. Das heißt, Sie sind über Ihr Passwort reingekommen.«

»Das stimmt.«

»Was wiederum heißt, jemand hat vergessen, es zu blockieren und wenn mich nicht alles täuscht, ist dafür ...«

»… der Colonel zuständig.«

»Genau, und das muss er erstmal Dr. Carpenter erklären. Und rein zufällig ist Silvie, seine Sekretärin, wiederum mit Rosi befreundet. Der Weg zu Guthree ist also kurz, das wird eine lustige Woche.«

»Aber wenn Sie mich laufen lassen, bekommen Sie doch richtig Ärger.«

»Nicht, wenn Sie mich fesseln.«

»Meinen Sie, dass Ihnen das irgendwer glaubt?«

»Egal, mein Vater ist Admiral, mit Carpenters Chef befreundet und außerdem soll mir mal einer beweisen, dass Sie mich nicht mit einer Pistole bedroht haben.«

»Sie sollten Krimis schreiben.«

»Gute Idee, aber jetzt sollten wir anfangen. Paketband habe ich in meinem Schreibtisch.«

»Wenn ich aus dem Ganzen heil herauskomme, haben Sie ein lebenslanges Pizza-Abo bei mir.«

»Vorsicht, das könnte Sie arm machen.«

### Pentagon, 28.05.1947 Zentrale (JIOA) Büro Dr. Carpenter

»Colonel, kommen Sie rein. Wie ich gehört habe, war Dr. Fisher heute Nacht hier.«

»Ja, das stimmt, der Trottel von Johnson hat sich von ihr überrumpeln lassen.«

»Colonel, zügeln Sie Ihre Wortwahl. Und wenn mich nicht alles täuscht, wäre es nicht dazu gekommen, wenn Ihre Leute Dr. Fisher nicht verloren und Sie Ihr Passwort gesperrt hätten.«

»Zugegeben, aber wer konnte ahnen, dass Lydia eine Dachdeckerausbildung hat und zudem Artistin ist?«

»Sie haben sie unterschätzt, das hätte Ihnen nicht passieren dürfen.«

»Ich werde es wieder gut machen; wenn mich nicht alles täuscht, hat sie keine Absicherung, sonst wäre sie kaum noch einmal hierhergekommen.«

»Wissen Sie denn, was sie gewollt hat?«

»Ziemlich sicher wollte sie noch einmal an die Rasmus-Akte, um sie zu stehlen, aber bevor es dazu kam, hat Johnson sie überrascht.«

»Aber wieso hat sie sie dann doch nicht mitgenommen?«

»Weil ich die »Seuchenakten« unserer neuen Mitarbeiter wohlweislich im Tresor bei meiner Sekretärin verwahren lasse.«

»Das heißt?«

»Die Mitarbeiter arbeiten nur an dem aktuellen Lebenslauf, alle belastenden Materialien habe ich unter meiner Obhut.«

»Hätte sie das nicht wissen müssen?«

»Konnte sie nicht, die Anweisung habe ich erst nach Lydias Ausscheren gegeben.«

»Na, wenigstens ist sie dann unverrichteter Dinge abgezogen.«

»Nicht nur das, jetzt, wo sie mit Waffengewalt agiert hat, können wir eine eventuelle gewaltsame Lösung besser rechtfertigen.«

»Haben Sie das in Betracht gezogen?«

»Sobald es sicher ist, dass die gute Lydia nicht so schlau war, sich abzusichern, würde ich den Vorschlag machen, sie endgültig aus dem Verkehr zu ziehen.«

»Sie wissen, das würde intern eine Menge Staub aufwirbeln. Finden Sie sie erstmal und dann sehen wir weiter. Ach, und wie steht es mit den Goldblums?«

»Da läuft alles nach Plan. Goldblum hat die Anstellung angenommen und sitzt gerade mit seiner Frau im Zug nach Huntsville. Er wird heute gegen 12 Uhr ankommen und dort zieht er vorläufig in ein möbliertes Apartment, da er schon morgen seine Stellung antreten soll.«

»Sie haben noch nicht mit ihm gesprochen?«

»Noch nicht, ich wollte ihn erst ankommen lassen.«

»Verstehe.«

»Allerdings habe ich seinen Chef instruiert, Goldblum besonders fürsorglich zu behandeln und ihm einen besonders reizvollen Auftrag zuzuweisen. Ach ja, dann haben wir den Goldblums einen Vorschuss überwiesen, den wir in einem Brief angekündigt haben. Nach dem Motto, neue Mitarbeiter willkommen heißen, Geld für den Umzug und so weiter.«

»Gut, und wann wollen Sie mit ihm reden?«

»Wenn er sein Glück kaum fassen kann, über den Job, das Geld, die tollen Mitarbeiter. Ich denke, so in zwei Tagen.«

»Reden sie gleich mit ihm.«

»Ich werde den Nachtzug nehmen.«

»In Ordnung, aber fahren Sie nicht alleine.«

Der Colonel war wütend, so eine Abfuhr hatte er in den letzten zwanzig Jahren nicht bekommen. Erst der Rüffel wegen des Passwortes, dann hatte Carpenter unmissverständlich klar gemacht, dass das letzte Wort über Lydias Liquidierung noch nicht gesprochen war, und um dem Ganzen die Krone aufzusetzen, traute Carpenter ihm nicht einmal ein klärendes Gespräch mit den Goldblums zu. Dafür würde das dusselige Weib bezahlen. Hatte er nicht immer gesagt, Frauen haben in diesem Metier nichts zu suchen? Allerdings mit Lydia hätte er gerne mal einen Ritt gewagt, aber als Mitarbeiter taugten Frauen allesamt nichts, viel zu gefühlsduselig. Das konnte ihm nicht passieren. Lydia würde diese Sache nicht überleben, dafür würde er sorgen. Ein Unfall, bei dem Frau Dr. Fisher leider ums Leben gekommen war, das ließ sich leicht inszenieren. Dazu musste er nur die richtigen Leute beauftragen. Er war froh, dass er Ferguson aus Deutschland zurückbeordert hatte. Die für sie wirklich nützlichen Nazis waren aufgespürt, und Ferguson kannte Lydia von seinem Einsatz mit ihr. Jetzt konnte Ferguson eine weitere seiner positiven Eigenschaften nutzbringend einsetzen. Wann immer der Colonel in den letzten fünf Jahren eine endgültige Lösung benötigte, hatte Ferguson den Job unauffällig, und ohne Spuren zu hinterlassen, erledigt. Lydia würde es bereuen, sich mit ihm angelegt zu haben. Sie hielt sich für den Jäger, war aber Beute, bald erlegt und vergessen. Wenn er erst Carpenters Job hatte, würde er keine Frauen mehr in seiner Abteilung dulden. Sein Lächeln wurde breiter und feierte seinen Sieg, an dem er nicht zweifelte.

Lydia hatte sich auf dem direkten Weg zur nächsten Greyhound-Station gemacht. Sie war die Strecke gelaufen. Der Colonel würde sofort heute Morgen an den Taxistationen nachfragen lassen, ob eine junge Frau mit ihrem Aussehen ein Taxi genommen hatte. Ihr Ziel hätte sie verraten können. So gab es die Chance, dass sie den Greyhound nach Huntsville besteigen konnte, ohne eine Spur zu hinterlassen.

Als der Bus sich in Bewegung setzte, fühlte Lydia sich sicher, sie konnte es sich leisten, ein paar Stunden zu schlafen, bevor sie genau darüber nachdachte, was sie eigentlich damit erreichen wollte, Rasmus in Huntsville zu treffen. Bis sie ankamen, würde sie eine Idee haben.

### Huntsville, 29.05.1947

»Guten Morgen, Frau Goldblum, ich bin Colonel Steinberg, ich möchte mit Ihnen über Frau Dr. Fisher sprechen.«

»Frau Dr. Fisher?«

»Ich denke, Sie verstehen, und wenn Sie wollen, dass Ihr Mann seinen Job behält und Sie beide nicht die Absicht haben, für die nächsten zwanzig Jahre wegen Hochverrat ins Gefängnis zu kommen, sollten Sie mir zuhören.«

»Ich ...«

»Vielleicht sollten Sie mich hereinbitten, bevor Ihre neuen Nachbarn aufmerksam werden.«

»Äh, natürlich, kommen Sie rein, sollen wir uns an den Tisch setzen?«

»Sehr schön.«

»Sie haben gesagt, Sie wissen alles?«

»Alles, was Sie wissen und noch mehr.«

»Was meinen Sie damit?«

»Zunächst – wir wissen genau Bescheid über Ihren Kontakt zu Frau Dr. Fisher und auch über Ihre Abmachungen mit ihr.«

»Aber das war bevor Jakob ben Levi diesen Job bekommen hat.«

»Das wissen wir, einen Job übrigens, den er mehr als verdient hat und den er bekommen hat, weil ich mich persönlich für ihn eingesetzt habe.«

»Ja, ich verstehe, aber wir wollen doch gar nichts mehr unternehmen.«

»Das mag für Sie zutreffen und im Moment auch für Ihren Mann, aber was, wenn Frau Dr. Fisher noch einmal mit Horrorgeschichten über Dr. Rasmus an ihn herantritt?«

»Horrorgeschichten – wie meinen Sie das?«

»Es ist doch so; es war eine andere Zeit und vor allem war Dr. Rasmus gar nicht in der Lage, anders zu handeln, seine Regierung hat ihn dazu gezwungen.«

»Ich verstehe, und es ist ja auch schon viel Zeit vergangen, aber mein Mann hat eben sehr an seinem Vater gehangen und die Geschichten über Dr. Rasmus waren fürchterlich.«

»Und was, wenn ich Ihnen sage, Frau Dr. Fisher ist eine Lügnerin, eine drittklassige Mitarbeiterin des Pentagon, die Akten gefälscht hat, um endlich einmal im Rampenlicht zu stehen?«

»Das wäre ja ...«

»Ganz genau.«

»Aber was ist mit der Geschichte, die mein Schwiegervater für Dr. Rasmus geschrieben hat?«

»Glauben Sie mir, zu dem Zeitpunkt, als er diese Geschichte geschrieben hat, war er schon nicht mehr zurechnungsfähig. Er hat den Einzigen, der ihm während seines Aufenthalts im KZ geholfen hat, als Hassobjekt betrachtet, weil er ihn nicht endgültig retten konnte. Zum Bedauern von Dr. Rasmus übrigens, der ihren Schwiegervater sehr mochte.«

»Und die Anweisung, meinen Schwiegervater bei einem Versuch umkommen zu lassen?«

»Ist gefälscht, diesen Befehl hat der eigentlich Verantwortliche für die Menschenversuche gegeben. Aber der ist zur Beruhigung Ihres Mannes kurz nach der Befreiung des KZs hingerichtet worden.«

»Das ist ...«

»Sie sehen, Dr. Fisher tut alles, um sich in den Vordergrund zu spielen, sie interessiert es auch nicht, wenn sie Ihre und die Existenz Ihres Mannes vernichtet, für Sie ist nur die Enthüllung und der Skandal wichtig.«

»Ich verstehe, ich verstehe, aber warum sind Sie zu mir gekommen?«

»Ich möchte, dass Sie mithelfen, Ihren Mann vor einer großen

Dummheit zu bewahren, denn ich denke, er ist zu froh, endlich einen Schuldigen für den Tod seines Vaters und seinen Schmerz gefunden zu haben.«

»Was erwarten Sie von mir?«

»Es ist ganz einfach, ich werde heute Nachmittag mit einem Kollegen noch einmal kommen, und wenn wir Ihren Mann mit der Wahrheit konfrontieren, tun Sie überrascht und unterstützen uns, Ihren Mann zu überzeugen.«

»Hallo Liebling, wie war dein zweiter Tag?«

»Noch besser als der erste, ich habe heute meinen ersten Auftrag mit einem Budget von 10.000 Dollar bekommen und das Beste ist, wenn wir, ich meine mich und die zugeteilten Kollegen, den Auftrag innerhalb der vorgegebenen Zeit erledigen, bekommen wir einen Bonus.«

»Und wenn nicht?«

»Ist das kein Problem, es ist durchaus normal, einen Auftrag zu überziehen, manchmal kann man eine Aufgabe auch gar nicht lösen. Meine beiden Kollegen, mit denen ich mindestens die nächsten drei Monate an diesem Projekt arbeite, sagen das passiere häufig.«

»Und was sagen sie über die Zahlungen?«

»Sie sagen, es lohnt sich, wenn man die Möglichkeit hat, die Termine zu unterbieten, auch mal die eine oder andere Nachtschicht einzulegen. Das ist natürlich der Anreiz, der geschaffen werden soll.«

»Ja, aber wie hoch sind denn die Zusatzzahlungen bei Erfolg?«

»Das hängt davon ab, wie weit man die Zeit unterschritten hat, aber Zahlungen in Höhe eines vollen Monatslohnes sind keine Seltenheit.«

»Liebling, das ist so toll, ich bin stolz auf dich. Oh, es klingelt.«

»Ja, bitte?«

»Mein Name ist Colonel Steinberg und das ist mein Mitarbeiter.«

»Wie kann ich Ihnen helfen?«

»Können wir vielleicht hereinkommen?«

»Vielleicht sagen Sie mir erst, worum es geht.«

»Sie sind Dr. Goldblum, Dr. Jakob ben Levi Goldblum?«

»Das stimmt.«

»Und Sie haben sich auf eine Stellung als Materialforscher in Huntsville beworben?«

»Auch das stimmt, aber woher wissen Sie das?«

»Wir sind von der Regierung beauftragt, neue Mitarbeiter in wissenschaftlichen Positionen persönlich zu befragen.«

»Sie wollen mich befragen, wonach?«

»Können wir das nicht drinnen besprechen, hier mein Ausweis.«

»Sie sind vom Pentagon? Kommen Sie rein.«

»Das ist meine Frau.«

»Einen schönen Tag.«

»Wer sind Sie?«

»Die Herren sind vom Pentagon wegen meiner neuen Stelle.«

»Vom Pentagon?«

»Mein Name ist Colonel Steinberg, und es stimmt, wir sind vom Pentagon, aber keine Sorge, es handelt sich um reine Routine.«

»Dann kommen Sie doch ins Wohnzimmer.«

»Danke.«

»Nehmen Sie Platz. Einen Tee oder Kaffee oder sonst eine Erfrischung?«

»Nein, danke, lassen Sie uns gleich zur Sache kommen.«

»Spricht etwas dagegen, wenn meine Frau dabeibleibt?«

»Durchaus nicht, wenn Sie vor ihr keine Geheimnisse haben, haben wir auch keine. Erstmal etwas Allgemeines, sollten Sie bei dieser Befragung nicht die Wahrheit sagen, kann das später zur fristlosen Kündigung führen. Das müssen Sie am Ende der Befragung im Protokoll unterschreiben. Sind Sie damit einverstanden?«

»Äh, ja, natürlich.«

»Sehr schön, dann können wir ja anfangen. Ich hatte das Gefühl, dass Sie sich erschreckt haben, als Sie auf meinem Ausweis gelesen haben, dass ich Angestellter des Pentagon bin.«

»Das stimmt, es ist irgendwie, als wären Sie vom FBI und das ist schon Respekt einflößend.«

»Naja, wir und das FBI sind zwei verschiedene Schuhe einer

Person. Quasi einer links, einer rechts. Zur nächsten Frage, kennen Sie Frau Dr. Fisher vom Pentagon?«

»Sie sagen nichts, gut lassen Sie sich Zeit mit der Antwort.«

»Die Wahrheit ist, ich weiß nicht, was ich sagen soll.«

»Die Wahrheit ist ein gutes Stichwort, genau die wollen wir von Ihnen hören, und bedenken Sie, ob Sie Ihre gerade beginnende Karriere aufs Spiel setzen wollen.«

»Das will ich nicht, trotzdem glaube ich an Gerechtigkeit, deswegen möchte ich nichts sagen.«

»Nun, das verstehen wir natürlich, deswegen will ich Ihnen raten, zu sehen, auf welcher Seite die Gerechtigkeit steht. Beginnen wir mit Frau Dr. Fisher. Sie ist vor kurzer Zeit mit abstrusen Anschuldigungen gegen Dr. Rasmus mit angeblichen Beweisen für seine Schuld an dem Tod Ihres Vaters an Sie herangetreten. Stimmt das?«

»Ich ...«

»Jakob ben Levi, sie wissen es doch schon.«

»Ja, ich weiß, gut, es stimmt, aber ...«

»Gut. Ist es Ihnen nicht seltsam vorgekommen, dass ein ehemaliger Kollege Ihres Vaters, der fast schon ein Freund war, sich ihm gegenüber so verhält?«

»War er ein Freund? Daran kann ich mich nicht erinnern.«

»Jedenfalls hat er sich wie ein Freund Ihrem Vater gegenüber verhalten. Er hat ihm Vorteile verschafft, die kein anderer KZ-Häftling bekommen hat.«

»Doch nur, um seinen eigenen Vorteil daraus zu ziehen.«

»So sieht es für Sie vielleicht aus, weil Frau Dr. Fisher es Ihnen so suggeriert hat.«

»Aber wie ...«

»Zum einen waren die Akten, die Sie gelesen haben, gefälscht, zum anderen wurden Ihnen wichtige Informationen vorenthalten.«

»Warum sollte sie das getan haben?«

»Weil sie unter Geltungssucht leidet und deswegen hat sie auch vergessen, Ihnen zu erzählen, dass Ihr Vater zum Zeitpunkt der Tagebucheinträge schon geistig – sagen wir mal – schwer angeschlagen war. Deswegen hat

Dr. Rasmus Ihrem Vater das Schreiben eines Tagebuchs ans Herz gelegt. Er hatte gehofft, er würde durch das Lesen der eigenen Gedanken wieder etwas mehr Klarheit gewinnen.«

»Aber die Anschuldigungen gegen Dr. Rasmus und die Geschichte?«

»Er litt unter Verfolgungswahn und hat nach einem Schuldigen gesucht und sich den Einzigen, der auf seiner Seite war, ausgesucht.«

»Aber die Aufzeichnungen klangen so gar nicht verrückt.«

»Nicht? Halten Sie es für normal, dass er mit Ihnen und sogar mit einer Spinne gesprochen hat?«

»Ich weiß es nicht.«

»Jakob, ich glaube Colonel Steinberg hat Recht, vielleicht wollten wir es einfach nicht sehen.«

»Aber Dr. Fisher?«

»Kam es dir nicht auch so vor, als würde sie alles daransetzen, die Geschichte in die Öffentlichkeit zu bringen?«

»Schon.«

»Und hat sie einmal danach gefragt, wie wir uns mit der Sache fühlen, sie hat uns doch förmlich bedrängt.«

»Das passt, genauso ist sie vorgegangen, als sie versucht hat, vor drei Jahren einen ihrer Kollegen gegen seinen Chef aufzuhetzen. Dabei wollte sie nur eins, den Kollegen aus dem Weg haben, um den Auftrag, den er bearbeitete, zu übernehmen.«

»Das ist ...«

»Du siehst doch Liebling, diese Frau ist nicht ehrlich gewesen und fast hätte sie uns in ihre Machenschaften hineingezogen.«

»Wie gesagt, seitdem ist Dr. Fisher in die Aktenablage des Archivs strafversetzt und durch ein Missgeschick ist ihr die Akte von Dr. Rasmus in die Hände gefallen. Ein Kollege hat sie aus Versehen als abgeschlossen ins Archiv gegeben. Bei der Durchsicht hat sie ihre Chance gesehen. Ein brillanter Wissenschaftler, der im KZ eine rührselige Geschichte in sein Tagebuch geschrieben hat. Mit ein paar gefälschten Akten, die sie nur an die Tagebucheinträge anpassen musste, da war sie sich sicher, könnte sie den Sohn dazu bringen, ihre Geschichte zu glauben und mit seiner Hilfe ihre Enthüllung groß in die Presse zu bringen, um im Rampenlicht des aufgedeckten Skandals zu stehen.«

»Was für ein Mensch ist Dr. Fisher nur, ich hätte das nie gedacht!«

»Liebling, es gibt solche Menschen, weißt du noch, wie unser ehemaliger Nachbar, ein netter älterer Herr, nach und nach in alle Wohnungen unseres Hauses eingebrochen ist? Das hätten wir ihm auch nie zugetraut, aber er hat es getan.«

»Ja, du hast Recht, man hat fast alle Gegenstände aus den Einbrüchen in seiner Wohnung gefunden.«

»Wie glücklich ich war, als ich meinen Lapislazuli-Anhänger wiederbekommen habe.«

»Sehen Sie? Und dazu ist Dr. Fisher trotz ihrer psychischen Probleme eine ausgebildete Psychologin, die weiß, wie man Menschen beeinflusst.«


»Colonel, Sie sind ein Genie, ich bin sicher, unser Auftritt ...«

»Bitte.«

»Ich meine, Ihre Darstellung des Falles hat jegliche Zweifel bei Dr. Goldblum bezüglich Frau Dr. Fisher beseitigt.«

»Wissen Sie, wie Fitzgerald es mal ausgedrückt hat?«

»Ich glaube nicht.«

»Es gibt nur die Gejagten und die Jäger, die Emsigen und die Müden.«

»Fitzgerald hat das gesagt?«

»Genau und zu den Gejagten und Müden werde ich niemals gehören. Und wissen Sie was er noch gesagt hat?«

»Nein, Sir.«

»'Verwechsle nie eine einzelne Niederlage mit einer abschließenden Niederlage.' Das können Sie auch den Kollegen mitteilen.«

»Den Kollegen?«

»Hören Sie auf, ich weiß längst, dass meine letzte Einsatzbesprechung mit Dr. Carpenter das Gesprächsthema in unserer Abteilung ist. Also machen Sie es einfach.«

»Jawohl, Sir.«

»Und vergessen Sie nicht, es auch Guthree zu erzählen.«

Der Colonel war zufrieden mit sich, die Goldblums waren kein Problem mehr, Ferguson würde morgen seinen Dienst im Pentagon antreten und die kleine Schlampe würde ihnen früher oder später ins Netz gehen. Dabei würden ihm nicht zuletzt die immer offenen Augen der Presse behilflich sein. Wie gut, dass er nie versäumt hatte, alle seine Kontakte bei der schreibenden Zunft regelmäßig mit den notwendigen Zuwendungen zu versorgen. Ein kleines Rundschreiben an seine Leute und Lydia konnte sich nicht lange verstecken. Sie würde gefunden werden und dann war er da.

Ja, ja, die schwarze Kasse, noch vor Carpenters Amtseintritt eingerichtet, war eine seiner genialen Ideen gewesen. Offiziell eine Kasse für die kurzfristige Anwerbung von sogenannten Statisten im Ausland. Um bei einem besonderen Einsatz eine Bar mit Personen zu füllen, einen Platz zu bevölkern oder eine spontane Demonstration zu organisieren. Diese Anwerbung war eine nahezu nie notwendige Maßnahme, denn seine Leute verfügten über Kontaktpersonen, die solche Dienste kostenlos versahen. Doch davon wusste Carpenter nicht und so ließ der Colonel von Eingeweihten regelmäßig kleinere bis mittlere Rechnungen für den Einsatz von Statisten schreiben. Natürlich brauchten seine Leute für die Anwerbung immer Bargeld. Dieses Geld ging erst an die Rechnungsschreiber und dann mit kleinen Abzügen für seine Leute direkt auf ein Konto, das er alleine verwaltete. Jetzt kamen ihm die damit finanzierten Dienste wieder einmal zu Gute.

**Auf dem Weg nach Huntsville, 29.05.1947**

Als der Bus eine scharfe Kurve fuhr, wachte Lydia auf. Die Uhr, wo war ihre Uhr? In der Handtasche. Gut, sie hatte vier Stunden geschlafen. Traumlos, ohne einen Gedanken an Dr. Rasmus. Das musste sich jetzt ändern. Eines wusste Lydia schon, wenn sie in Huntsville ankam, würde sie nicht sofort zum Raketenzentrum fahren. Zunächst brauchte sie eine Operationsbasis. Ein kleines Apartment für eine Woche, das sollte genügen, von dort konnte sie alle weiteren Schritte planen. Zum Glück hatte sie noch von einem ihrer ersten Einsätze einen Ausweis auf den Namen Jill Brandon. Der Colonel kannte diese Identität nicht, denn zu der Zeit lag er im Krankenhaus. Leiter der Operation war der gerade ins Amt eingeführte Dr. Carpenter. Er bestand damals darauf, die Operation selbst zu leiten. Lydia sah aus dem Fenster, wie ein Polizeiauto mit Blaulicht am Bus vorbeirauschte. Wo war sie? Richtig, der Colonel wusste nichts von ihrer Scheinidentität, es sei denn, er hatte alle Fälle, die während seiner Abwesenheit abgeschlossen wurden, nachgelesen. Unwahrscheinlich und noch unwahrscheinlicher war, dass er sie in Huntsville suchte. Es kam jetzt darauf an, einen klaren Kopf zu bewahren und dafür brauchte sie noch ein paar Stunden Schlaf. Lydia fühlte sich nicht mehr wie ein gehetztes Tier, sie hatte das Gefühl, den Takt wieder selber anzugeben, der Colonel würde ins Leere laufen, sie sah ihn vor sich, wie er wutentbrannt mit der Faust auf seinen Riesenschreibtisch schlug. Er zerbarst, Lydia kannte das Geräusch, Dachpfannen auf einem Schotterweg, eine Kaffeekanne auf einem Marmortisch. Kaffee, wenn sie aufwachte, wollte sie einen Kaffee trinken. Lydia war wieder eingeschlafen.

**Pentagon, 30.05.1947 Zentrale (JIOA) Büro des Colonels**

Es klopfte, der Colonel war gerade dabei, seinen Lieblingsaschenbecher zurechtzurücken. Es war ihm wichtig, dass der Adler seinen scharfen, kalten Blick immer genau auf die Person richtete, die ihm gegenübersaß. Er hatte es so eingerichtet, dass es in seinem Büro nur einen weiteren Sessel gab, der deutlich niedriger war, als der eigene, lederbezogene Schreibtischsessel, in dem auch schon der Südstaatengeneral gesessen hatte, dem er den Schreibtisch und den Aschenbecher zu verdanken hatte. Jedem, der in seinem Büro saß, sollte gleich klar sein, wer hier das Sagen hatte.

»Herein.«

»Oh, Dr. Carpenter, kommen Sie doch herein, ich wäre doch auch zu Ihnen gekommen.«

»Nicht nötig, ich war sowieso gerade auf dieser Etage.«

Natürlich, das musste er ihm unter die Nase reiben, die Chefs saßen nicht beim Fußvolk, aber er gehörte nicht zum Fußvolk, hatte er nie getan, das würde auch Carpenter noch merken.

»Setzen Sie sich doch.«

»Nein, danke, ich stehe lieber.«

Dr. Carpenter schob den Sessel zur Seite und stellte sich vor den Schreibtisch. Der Adler starrte direkt auf seinen Bauchnabel. Für den Colonel fühlte es sich so an, als würde der kleine Mann über ihm schweben, dabei war er eigentlich einen ganzen Kopf größer als der alte Mann, der jetzt vor ihm stand. Wie lange wollte Carpenter noch machen? Drei Jahre, mit 63 aufhören? Das kam für ihn nicht in Frage. Wenn Carpenter ging, war er 59 und er würde diese Abteilung nicht schon nach drei Jahren wieder aus den Händen lassen. Dafür galt es, zu viel zu verändern. Es sei denn, ja, es sei denn, man wollte ihn in der Politik. Ein befreundeter Republikaner hatte so etwas schon einmal angedeutet. Würde er überhaupt Carpenters Stelle bekommen? Was war hier los, nur wegen eines kleinen Fehlschlages stellte er sich in Frage? Schluss, Stärke zeigen.

»Sie wollen stehen, gut. Sie kommen bestimmt wegen der Sache Dr. Fisher.«

»Richtig, Sie sind heute Morgen aus Huntsville zurückgekommen?«

»Das stimmt, ich wäre – wie gesagt – auch gleich zu Ihnen gekommen.«

»Jetzt bin ich ja hier.«

»Die Goldblums sind kein Problem mehr, die haben wir in der Tasche.«

»Ja, ich habe Ihre Mitteilungen gelesen.«

»Es war richtig, auf Frau Goldblum zu setzen, sie hat in den entscheidenden Momenten auf ihren Mann eingewirkt.«

»Und er wird nicht wieder rückfällig?«

»Bestimmt nicht, er hat die Geschichte von der geltungssüchtigen Lydia gekauft.«

»Und wenn Dr. Fisher noch einmal Kontakt mit ihm aufnimmt?«

»Das kann sie nicht, sie hat keine Ahnung, wo die Goldblums jetzt sind.«

»Sind Sie sicher?«

»So sicher man nur sein kann. Die Goldblums haben es ihr nicht gesagt, sie hatten seit dem Telefonat zwischen Frau Goldblum und Lydia keinen Kontakt mehr. Unsere Abhörprotokolle und das Beschattungsteam können das bestätigen.«

»Werden die Goldblums auch in Huntsville noch beschattet?«

»Das nicht, aber ihr Telefon wird abgehört.«

»Die Wohnung?«

»Die nicht, es war nur sehr kurz Zeit.«

»Hm.«

»Meinen Sie, es ist notwendig?«

»Ich denke, Dr. Fisher sollte nicht noch einmal unterschätzt werden.«

Das Messer, das in dem Moment in den Magen des Colonels fuhr, war kein normales Messer, es hatte Widerhaken und war mit Gift getränkt. Widerhaken des Versagens und Gift der versteckten Vorwürfe. Er hasste Carpenter. Ferguson, verdammt, das ging nicht, dazu würde er ihn nicht kriegen. Was blieb war lächeln und den Fall Lydia so schnell als möglich in die Vergangenheit und zu den Akten legen.

»Ich werde umgehend veranlassen, dass die Wohnung der Goldblums überwacht wird.«

»Sehr gut.«

Carpenter nickte, stand auf und ging zur Tür. Der Colonel merkte, wie die Klinge, wenn auch schmerzhaft, langsam aus seinen Gedärmen gezogen wurde. Er wusste, das Gift würde noch geraume Zeit nachwirken. Die Klinke schon in der Hand, drehte Carpenter sich noch einmal um.

»Eins vielleicht noch, bevor ich gehe, Sie sollten wissen, dass Frau Dr. Fisher noch einen Pass auf den Namen Jill Brandon besitzt.«

»Woher hat sie den?«

»Von uns.«

»Aber das müsste ich doch wissen?«

»Nur, wenn Sie die Einsatzakten gelesen haben, von den Einsätzen, als Sie wegen Ihrer Gallenblase im Krankenhaus lagen.«

»Aber das ist ...«

»Kein Problem, ich habe damals die Operation geleitet und habe mich zum Glück noch daran erinnert.«

»Sie hat den Ausweis damals nicht abgegeben?«

Der Colonel lächelte in sich hinein, ein Versäumnis Dr. Carpenters.

»Ich habe heute Morgen in den Akten nachgelesen. Die übliche Aufforderung, den Ausweis wieder abzugeben, ist, nach Abschluss des Falles Ganuzi, nie an sie ergangen.«

»Ich erinnere mich an den Fall, er wurde abgeschlossen, als ich gerade aus dem Krankenhaus zurückkam.«

»Stimmt und damit war es Ihre Aufgabe zu veranlassen, dass alle Agenten ihre falschen Ausweise zurückgeben. Das habe ich übrigens heute Morgen nachträglich auch für die anderen an diesem Fall beteiligten Agenten veranlasst.«

»Dr. Carpenter, ich versichere Ihnen ...«

»Wie gesagt, es ist nur wichtig, dass die Gefahr von mir erkannt wurde und Sie die Identität Jill Brandon mit in Ihre Einsatzpläne einbeziehen.«

Die Tür schlug zu. Der Colonel stöhnte und sackte in seinem Sessel zusammen. Carpenter hatte ausgeholt und noch einmal zugestoßen, dieser Hurensohn, das würde er bereuen. Nein, er musste realistisch bleiben. Lydia würde es bereuen, ihn in diese Lage gebracht zu haben.

Alles war gut gelaufen. Lydia hatte ein Apartment und einen kleinen Lieferwagen auf den Namen Jill Brandon gemietet. Im Apartment
angekommen, übermannte Lydia das Gefühl der Frustration. Wieder
fragte sie sich, was sie hier tat. Ihre Welt schien sich immer mehr zu
entfernen. Die Farbe ihrer Erinnerungen verblasste mit jeder Minute
mehr, und dieses Dasein, alleine in diesem fremden Apartment, wurde
zu ihrem Leben, aus dem es kein Zurück gab. Weiter weg von einem
Ort, der irgendwie den Anschein eines Zuhauses macht, war Lydia noch
nie gewesen. Sie sah sich um. Bis auf das Bett strahlte der Raum die
Nüchternheit einer Arztpraxis aus. Gegen die farblich genau abgestimm-
ten Möbel, Tapeten und Teppiche auf dem Holzfußboden wirkte die ro-
safarbene, geblümte Überdecke wie ein Schrei gegen die Langeweile, die
das Apartment ausströmte. Lydia hasste Rosa, seitdem ihre Mutter sie
ein Jahr lang in rosa farbene Scheußlichkeiten gekleidet hatte. Die rote
und blaue Phase hatten ihr nicht so viel ausgemacht, sie fand, sie passten
sogar zu ihr, aber Rosa entfremdete sie von sich selbst, von allem, was
sie fühlte und dachte. Lydia fand, sie war nicht rosa und hatte nichts
davon in sich. Trotzdem zog sie diese Hässlichkeit in diesem Moment an
und sie fühlte ein wenig Trost, als sie sich rücklings auf das Plaid fallen
ließ und anfing zu weinen. Bei dem Tod ihres Vaters hatte Lydia einige
Tränen in den Augen, aber wann sie das letzte Mal richtig geweint hatte
– sie wusste es nicht – es war auch egal. Sie schloss die Augen, hörte die
Grillen aus dem angrenzenden Park, die dem Mond entgegen zirpten
und schlief ein. Der nächste Morgen hatte sich gegeben, als wäre alles
normal. Bagel, heißer Kaffee und eine Zeitung. Nur war er es nicht
und Lydia wusste es, aber erstmals fand sie es in Ordnung, es war als
wären alle losen Enden – Dr. Rasmus, der Colonel, Dr. Levi Goldblum
Senior, sein Sohn und seine Frau, ihr Ehrgeiz – in der Nacht in Lydias
Kopf zu einer Erkenntnis zusammengelaufen. Es war richtig, was sie tat
und sie würde es zu Ende bringen, egal, was kommen sollte. Jetzt saß
sie gegenüber dem Raketenzentrum und beobachtete den Parkplatz mit
einem Fernglas. Bisher war Rasmus noch nicht aufgetaucht, aber es war
auch erst 7:30 Uhr.

Moment, war das nicht, nein, der Typ sah ihm ähnlich, war aber zu klein und er ging zu gebeugt, der hielt sich ganz sicher nicht für wichtig, eher der Typ Kriecher. Sir, ich mach das schon, kann ich das nicht für sie erledigen, natürlich bleibe ich zwei Stunden länger. Lydia lächelte. Wie schnell es ging, Leute in eine Schublade zu stecken. Vielleicht war das der Oberboss und er hatte nur schlimme Rückenschmerzen. Nein, wohl kaum, der Mann hatte kilometerweit vor dem Eingangstor geparkt, war aus einem alten Pontiac gestiegen und auch sein Äußeres bewies nicht gerade Stil. Also blieb sie dabei, ein Kriecher. Mal sehen, wer als nächstes kam. Das konnte doch nicht sein? Da war er und stieg aus einem nagelneuen Ford. Natürlich parkte er nicht weit vom Tor. Rasmus hatte es wieder geschafft. Sie musste an den Colonel denken, die gleiche Sorte Mensch, immer nur die eigenen Ziele und den eigenen Vorteil im Blick. Doch der Colonel war, wenn man nicht so genau hinschaute, noch als Mensch zu identifizieren. Er war bis zu einem gewissen Grad fähig, Mitleid zu zeigen, er konnte sogar freundlich, fast schon nett sein. Abgesehen von seiner Fähigkeit, den guten Onkel zu geben, den Lydia ihm anfangs fast abgekauft hätte, bis sie sich einmal unversehens umdrehte, um eine Fliege aus ihren Haaren zu vertreiben. Da erkannte sie den wahren Hintergrund seines altväterlichen Getues. Er war scharf auf sie. Der Blick, den er ihr von hinten zugeworfen hatte, war starr auf ihren Hintern gerichtet und er zeigte nur eins. Die Geilheit eines alten Mannes, der, sein Alter und seine Hässlichkeit negierend, tatsächlich glaubte, bei ihr landen zu können.

Auf jeden Fall war Rasmus anders geartet, er war damals auf dem Hochsitz direkt zum Angriff übergegangen, hatte sie ohne Umschweife angemacht, bevor er dann tatsächlich abgedrückt hatte. Absurd. Rasmus war kalt bis ins Mark und jedes freundliche Lächeln straften seine Augen Lügen. Und noch eins unterschied ihn vom Colonel, der eigentlich ein Feigling war. Rasmus war es letztlich egal, wenn er irgendwann sein Leben verlor, aber so lange machte er alles, was ihm notwendig erschien, seinen Weg fortzusetzen.

Blieb die Frage, wie wollte sie ihren Weg fortsetzen? Was wollte sie als nächstes tun? Es war jetzt 7:55 Uhr. Bei jemandem wie Rasmus konnte man davon ausgehen, dass er täglich zur gleichen Zeit kam. Das würde sie morgen überprüfen und dann? Vielleicht sollte sie ihm am Abend nach Hause folgen und ihn dort aufsuchen. Das war nicht so riskant, wie ihn hier auf dem Parkplatz anzusprechen. Aber wenn er merkte, dass er verfolgt wurde, sie sogar erkannte? Lydia war sich unschlüssig, sie brauchte noch Zeit, um sich genau zu überlegen, wie sie vorgehen wollte. Verfolgen konnte sie ihn auch morgen noch, jetzt wollte sie erst einmal in ihr Apartment und den Erfolg, dass sie ihn tatsächlich aufgespürt hatte, mit einem guten Frühstück auskosten.

**Pentagon, 04.06.1947 Büro Zentrale (JIOA) des Colonels**

»Colonel, entschuldigen Sie?«

»Kommen Sie rein, was gibt es?«

»Das haben wir gestern Abend aufgenommen.«

»Liebling wie war es heute?«

»Es war toll, meine Kollegen und ich haben begonnen, an dem Projekt zu arbeiten, wir haben die ersten Versuchsanordnungen besprochen und sie haben sich für meinen Vorschlag entschieden.«

»Das ist ja wunderbar.«

»Nicht wahr, aber was ist hier los? Der Tisch ist festlich gedeckt und es riecht nach Schmorbraten und dabei ist nicht einmal Sonntag.«

»Ja, ich weiß, eine Verschwendung, aber wir können uns es jetzt leisten und außerdem haben wir etwas zu feiern.«

»Du hast ganz Recht, wir haben das Ganze, den neuen Job, das tolle Gehalt und irgendwie all das Glück noch nicht gebührend gefeiert.«

»Das ist es nicht.«

»Nicht, was dann? Hat unser Los für die Lotterie gewonnen?«

»Nicht ganz, ich bin schwanger.«

»Das kann nicht sein.«

»Doch, ich wollte es auch nicht glauben, aber nachdem, du weißt schon was, zwei Monate nicht gekommen ist, bin ich heute zu einem Arzt, es gibt keinen Zweifel, ich bin im dritten Monat schwanger.«

»Aber immer und immer wieder haben uns die Ärzte gesagt, du kannst keine Kinder bekommen.«

»Ja, der Arzt konnte es auch nicht erklären, aber es kommt wohl immer mal wieder vor, er meint, es sei eben eine Laune der Natur.«

»Oh mein Schatz und was für eine, ich bin so glücklich, ich liebe dich.«

»Ich liebe dich und es passt alles so gut, jetzt wo wir krankenversichert sind, kann ich alle Untersuchungen, die notwendig sind, machen lassen. Noch vor einem Monat hätten wir uns kaum die Untersuchung, ob ich schwanger bin, leisten können.«

»Bist du auch deswegen nicht zum Arzt gegangen?«

»Ja.«

»Du hättest es mir sagen müssen.«

»Ich wollte dich nicht enttäuschen, wenn es wieder nur blinder Alarm gewesen wäre.«

»Aber wir wollten doch keine Geheimnisse voreinander haben.«

»Ich habe es aus Liebe getan, das musst du mir glauben.«

»Ja, natürlich.«

»Wollen wir dann jetzt feiern?«

»Oja, ich laufe eben noch zum Laden und hole eine Flasche Wein.«

»Liebling, ich darf nichts trinken und die Flasche Bier, die dir sowieso viel lieber ist, habe ich schon kalt gestellt.«

»Du bist die Beste.«


»Das reicht, ich habe genug gehört.«

»Colonel, ich dachte, das sollten Sie gleich hören.«

»Sehr gut, Sie können gehen.«

Wie gut ihm die Laune der Natur in die Karten spielte, ein Kind, das würde jede Motivation, sich oder die Familie in Gefahr zu bringen, bei Goldblum versiegen lassen. Das musste auch Carpenter sofort erfahren, das würde ihn milder stimmen.

»Tut mir leid, Dr. Carpenter ist nicht im Hause.«

»Wann kommt er wieder?«

»In zwei oder drei Tagen.«

»In zwei oder drei Tagen?«

»Das hat er gesagt.«

»Was hat er denn sonst noch gesagt?«

»Dass er für eine geheime Sitzung abberufen wurde und zwei bis drei Tage nicht da sei. Dann hat er seinen Hut und Mantel genommen und ist gegangen.«

»Mit wem hat Dr. Carpenter, bevor er gegangen ist, telefoniert?«

»Sir, das darf ich nicht sagen.«

»Silvie, hören Sie gut zu, wenn Dr. Carpenter nicht im Hause ist, bin ich sein Stellvertreter und somit auch Ihr Chef. Sollte Dr. Carpenter Sie nicht direkt angewiesen haben, keine Telefonliste an mich auszuhändigen, sollten Sie es umgehend tun, sonst bekommen Sie ernstliche Schwierigkeiten. Und – hat er?«

»Hat er was?«

»Diese Anweisung gegeben?«

»Nein, Sir.«

»Sehen Sie, was ist nun mit der Liste?«

»Ich habe aber nur die eingegangenen Anrufe notiert.«

»Das macht nichts, also, was ist mit der Liste?«

»Sofort Sir.«

»Na also, braves Mädchen.«

Der Colonel warf die Telefonliste auf seinen Schreibtisch und ließ sich zufrieden in seinen Sessel fallen. So war das also. Carpenter hatte eine Sache am Laufen, von der andere nichts erfahren sollten. Das mit der Abberufung glaubte er keinen Moment. Jeder wusste, das war nur eine Floskel, die sagte, es geht keinen etwas an, was ich gerade tue. Außerdem wäre so eine Sitzung ihm oder einem seiner Kontakte kaum entgangen. Was mochte Carpenter wohl aushecken? Vielleicht gab die Telefonliste Aufschluss. Die Sorge, Carpenter könnte ihm einen Rüffel dafür geben, dass er sich die Liste hatte geben lassen, war schnell verflogen. Keine Nachricht an seine Stellvertreter, keine Anweisung für seine Abwesenheit, nein, es war seine Pflicht gewesen, sich um das Verschwinden seines Vorgesetzten zu sorgen. Kurz hatte der Colonel erwogen, den Leiter einer anderen Abteilung hinzuzuziehen, aber es schnell wieder verworfen. Was, wenn der einen Fall daraus machte und ihn an sich riss? Nein, sollte

Carpenter etwas zu verbergen haben, würde er es herausfinden und endlich etwas gegen ihn in der Hand haben. Dann würde sein Chef es sich zweimal überlegen, ihn noch einmal so herunterzuputzen. Vielleicht konnte er ja sogar zu einer frühzeitigen Pensionierung überredet werden. Das Lächeln, das sich, seit er im Büro saß, auf seinem Gesicht eingeschlichen hatte, wurde breiter. Der Colonel machte sich an die Arbeit, die Anrufe, die bei Carpenter eingegangen waren, nachzuvollziehen. Nach drei Stunden der vorsichtigen Recherche, er wollte niemanden aufschrecken, gab es keine Fortschritte. Alles nur Routinetelefonate, bis auf einen Anruf von Carpenters Schneider, der ihn angerufen hatte, um mitzuteilen, dass der neue Anzug fertig zur Anprobe sei. Dass es verboten war, die Dienstnummer privat weiterzugeben, wusste jeder, aber genauso wusste jeder, dass niemand bis hin zu den Sekretärinnen diese Weisung befolgte. Das Lächeln war vom Gesicht des Colonels verschwunden und einem grimmigen Ausdruck gewichen. Er würde herausfinden, was Carpenter trieb egal wie lange es dauerte. Eine kleine Observation, eine von ihm geschickt inszenierte Indiskretion von Silvie zu seiner Sekretärin, und natürlich, das Büro Carpenters würde nicht unbehelligt bleiben. Er war früher einer der Experten für unauffällige Durchsuchungen gewesen. Dieses Talent schlief nur und würde jetzt wieder zum Einsatz kommen. Sehr viel Mühe brauchte er sich dafür vermutlich gar nicht geben, denn Carpenter war in seinen Augen kein Praktiker, er hatte den Posten nur seinem Doktortitel und nicht seiner Erfahrung zu verdanken. Der Colonel rechnete kaum mit mehr als einem abgeschlossenen Büro. Vermutlich würden nicht einmal die üblichen Sicherheitsmaßnahmen, die selbst eine wie Lydia in ihrer Wohnung eingebaut hatte, vorzufinden sein. Und wenn, er war ein Profi. Carpenter allenfalls ein Dilettant, nein, das nun doch nicht. Wohl eher ein Theoretiker, der einiges aus der Praxis wusste, sich aber niemals mit ihm messen konnte. Carpenter – und nicht zu vergessen Lydia – mit beiden war er noch nicht fertig.

Das Lächeln kehrte zurück und der Colonel zündete sich ein Südstaatenzigarillo an.

## Huntsville, 05.06.1947

Tag vier, seitdem Lydia in Huntsville angekommen war. Sie hatte heraus-
gefunden, dass Rasmus jeden Tag zur gleichen Zeit seinen Dienst antrat.
Danach war sie immer wieder zurück ins Apartment gefahren und hatte
versucht, zunächst über das Telefonbuch, dann über Ämter, etwas über den
Wohnsitz von einem gewissen Professor Dr. Smith herauszufinden. Aber er
war weder in einem Telefonbuch zu finden, noch konnte oder wollte – sie
verbesserte sich – oder durfte ihr eine der zuständigen Behörden Auskunft
geben. Lydia vermutete, dass über alle Mitarbeiter des Raketenzentrums
eine Auskunftssperre verfügt wurde. In jedem Amt war dann die Akte
mit einem ‚Vertraulich – nicht weitergeben' versehen. Sie hatte sich dazu
entschieden, Rasmus auf seinem Weg nach Hause zu folgen. Dafür war
sie um 15.00 Uhr zu ihrem Stammplatz gegenüber dem Raketenzentrum
gefahren. Zuvor hatte sie den günstigsten Weg zum Parkplatz abgefahren.
Wenn nicht etwas Unvorhergesehenes geschah, schaffte sie es rechtzeitig
von ihrem Standort bis zur Ausfahrt des Parkplatzes, bevor Rasmus ihn
passierte. Dafür musste sie losfahren, wenn Rasmus aus dem Werkstor
kam. Sie hatte die Zeit gestoppt, wie lange er brauchte, um in den Ford zu
steigen und zum Ausgang des Parkplatzes zu fahren. Es war zu schaffen,
und wenn nicht heute, dann eben morgen. Lydia sagte sich, es habe keine
Eile, es komme nicht auf einen Tag an, zumal sie immer noch nicht genau
wusste, was sie eigentlich mit einem Treffen erreichen wollte, aber das
würde noch kommen. Zunächst musste die Gelegenheit für ein Treffen
geschaffen werden. Sollte er nicht weit von hier wohnen, würde sie ihm
die ganze Strecke folgen, wenn er weiter fuhr, vielleicht sogar auf einem
Highway, würde sie die Verfolgung abbrechen und ihn an der Stelle am
nächsten Tag erwarten und ihn von da weiterverfolgen. Gegebenenfalls
würde sie dafür dann ihr gemietetes Auto gegen ein anderes tauschen. Das
war eine aufwendige Prozedur, aber reduzierte die Gefahr, erkannt zu
werden. Blieb zu hoffen, dass Rasmus nicht täglich seine Route änderte.

Lydia sah auf die Uhr, es war jetzt 17:23 Uhr. In den letzten Tagen
war Rasmus zwischen 17:34 und 18:02 Uhr aus dem Werkstor gekommen. Lydias Anspannung stieg, sie startete den Wagen und ließ ihn im
Leerlauf tuckern. 17:40 Uhr – da war er.

Sie legte den Gang ein, fuhr los und schaffte es, vor Rasmus am Ausgang zu sein. Lydia spannte sich an, es konnte losgehen. Vom Parkplatz herunter fuhr Rasmus links an einer Bushaltestelle vorbei, zu der all die Angestellten ohne Auto pilgerten. Rasmus fuhr langsam, vermutlich war er mit dem amerikanischen Verkehr nicht vertraut. Lydia fuhr einen Wagen hinter ihm. Sie überlegte, ob sie es riskieren konnte, sich weiter nach hinten fallen zu lassen. Sie entschied sich dagegen und machte eine Vollbremsung. Der Pontiac hinter ihr konnte gerade noch ausweichen und bedachte sie im Vorbeifahren mit einem Hupkonzert. Das konnte doch nicht sein, sie musste sich getäuscht haben, aber nein, da lief er.

Ohne auf den nachfolgenden Verkehr zu achten, sprang Lydia aus dem Wagen, ließ ihn mit laufendem Motor und ihren Habseligkeiten stehen und rannte in Richtung Bushaltestelle.

Als sie nah genug war, rief sie »Dr. Goldblum«. Er war wie erstarrt und bevor Lydia ihn erreichte, änderte sich seine Miene – aus Überraschung wurde Bestimmtheit. Er begann auf Lydia zuzugehen. Als sie sich trafen, sprach er zuerst.

»Es ist gut, dass Sie hier sind, sie haben uns verboten, mit Ihnen Kontakt aufzunehmen und ich habe versprochen, es nicht zu tun, doch das hier ist etwas anderes.«

Lydia nickte, bei ihr war die Überraschung, ausgerechnet Dr. Jakob ben Levi Goldblum hier zu treffen, noch immer am Gesicht abzulesen.

Als ihr Wagen ordnungsgemäß von der Straße in eine Parklücke bugsiert war, gingen sie in eine nahegelegene Bar. Hier saßen Angestellte des Raketenzentrums über ihren Feierabendbieren.

Dr. Goldblum ging voraus und fand einen kleinen Tisch etwas abseits. Wie konnte sie anfangen? Sie konnte es ja selber kaum glauben, dass sie Jakob ben Levi Goldblum mit dem Mörder seines Vaters zusammenarbeiten ließen. Nichts anderes bedeutete sein Hiersein, davon war sie überzeugt. Sie musste sich schnell eine Strategie zurechtlegen. Musste sie das wirklich? Würde es nicht ausreichen, Dr. Goldblum von der Perversität zu erzählen, zu der das Pentagon, der Colonel, da war sie sich sicher, in der Lage war? Das würde sie tun und er konnte danach kaum anders, egal, was sie ihm erzählt hatten, als mit ihr zusammenzuarbeiten.

»Frau Dr. Fisher, bitte setzen Sie sich, wie schon gesagt, bin ich sehr froh, mit Ihnen sprechen zu können.«

»Tatsächlich?«

Verdammt, ich sollte die Ironie lassen, sonst verscheuche ich ihn noch.

»Ich verstehe Sie, verstehe, dass Sie enttäuscht und mit Recht verärgert sind.«

Von Verdrossenheit war sie weit entfernt, beinahe zuversichtlich ihm von den Machenschaften des Colonels zu erzählen, ihn mit einem Knall wieder auf ihre Seite zu ziehen.

»Ich bin nicht verärgert, nur maßlos erstaunt, Sie hier zu sehen.«

»Ich werde ehrlich zu Ihnen sein. Mir wurde eine unbefristete Stelle angeboten und nachdem ich angenommen hatte, kamen zwei Mitarbeiter des Pentagon zu uns.«

»Einer davon Colonel Steinberg?«

»Das stimmt.«

»Lassen Sie mich raten, er hat Ihnen dargelegt, ich sei das Böse in Person, eine Lügnerin, die Sie nur zu ihrem Vorteil benutzen wolle.«

»So war es in etwa.«

»Und der tolle Job sei natürlich dahin, wenn Sie sich auf so eine Geschichte einließen, denn der Staat braucht zuverlässige Mitarbeiter.«

»Es wurde auch von Ihrer Fähigkeit gesprochen, Akten zu fälschen.«

»Und Sie haben das geglaubt. Kam Ihnen der Zufall des Jobs und die damit verbundene Schweigepflicht nicht seltsam vor?«

»Anfangs schon, aber als immer mehr Beweise vorgelegt wurden und auch meine Frau überzeugt war, wollte ich es glauben. Sie müssen verstehen, der Job ist das, wovon ich immer geträumt habe, da lassen sich leise Zweifel leicht zum Verstummen bringen.«

Leise Zweifel. Lydia wusste, die könnten lauter und lauter werden mit der Erkenntnis, dass sein Vorgesetzter Dr. Rasmus ist, der Mann, der für den Tod seines Vaters verantwortlich war, würden sie so laut in seinem Innern schreien, dass sie nicht mehr zum Schweigen gebracht werden konnten.

»Aber ...«

»Bitte, bevor Sie weiterreden, vielleicht etwas sagen, was gegen Sie verwendet werden könnte, möchte ich etwas sagen.«

»Ich verstehe nicht?«

»Meine Frau ist schwanger und egal, was Sie mir jetzt noch zu sagen haben, ich werde auf keinen Fall die Existenz meiner Frau und meines Kindes aufs Spiel setzen. Wir sind abgesichert und dazu noch krankenversichert, haben Sie Verständnis, bitte!«

Sein Blick war flehend, er wollte Absolution von ihr, aber war sie dazu bereit?

Nein, sicher nicht. War es ihr Problem, dass ausgerechnet jetzt seine Frau schwanger war? Sie würde es ihm erzählen. Lydia sah auf. Eine junge Frau ging, leise ein Lied summend, an ihnen vorbei zum Klo. Die Frau sah glücklich aus, nicht überschwänglich, nicht von einer Welle der momentanen Glückseligkeit getragen, sondern einfach glücklich, zufrieden mit dem Moment, mit ihrem Leben. Lydia fragte sich, wann sie das letzte Mal so ein Gefühl gehabt hatte. Sie konnte sich an ihre Kinderzeit erinnern, als ihre Eltern noch zufrieden waren, wenn sie bei ihrer Oma war, das waren Zeiten, aus denen sie dieses Gefühl kannte, aber nach Großmutters Tod und der Scheidung ihrer Eltern, war sie rastlos, hatte immer nach Erfüllung gesucht. Erst im Studium, dann im Job, immer auf der Suche nach diesem Gefühl, das die junge Frau ihr so plastisch vor Augen führte. Lydia riss sich los von einem der vielen gedanklichen Nebengleise, auf die sie immer wieder geriet. Sie sah auf, Dr. Goldblum suchte ihren Blick. Er kannte auch nicht diese Unbeschwertheit, das normale Glück. Er hatte seine Frau die er liebte, das vielleicht, aber sonst waren da Unsicherheit, Trauer um den Vater, berufliche Misserfolge und Existenzangst. Gefühle, die ihn seit vielen Jahren begleiteten, doch ganz entfernt glomm, neben Scham und Bitten, ein Streifen Hoffnung in seinem Blick. Wieder so ein Nebengleis. Sie, Lydia, hatte eine Mission, dabei ging es einzig und allein um Dr. Rasmus, um die Ungerechtigkeit, dass Menschen wie er nicht untergingen. Dann stahl sich ein Gedanke in

Lydias Bewusstsein. Würde ihre Offenbarung etwas ändern, würde Dr. Goldblum nicht trotzdem für seine Familie alles verdrängen und sie trotz den Beweisen im Stich lassen? Konnte er das überhaupt, konnte man mit dem Mörder des Vaters zusammenarbeiten? Lydia fand keine Antwort. Nur eines wusste sie, wenn sie Dr. Goldblum von Rasmus erzählte, hatte sie seine Chance auf ein bisschen Glück zunichte gemacht. Egal, wie er sich entschied. Alles ignorieren oder Rasmus bloßstellen, beide Wege würden das erhoffte Glück zu einem flüchtigen Schatten machen, der bei ihm keine Ruhe finden konnte. Lydia musste an Quecksilber denken.

»Frau Dr. Fisher?«

»Oh, entschuldigen Sie.«

Wie lange hatte sie mit verlorenem Blick in seine Augen gesehen? Vermutlich lange, denn der Ausdruck auf Dr. Goldblums Gesicht war irritiert, fast sorgenvoll.

»Ich musste gerade an Glück denken.«

»Obwohl ich nicht mit Ihnen zusammen gegen das Pentagon vorgehen will?«

»Vielleicht gerade deswegen. Sie können jetzt dem Glück nachjagen und wenn alles gut geht, holen Sie es sogar ein. Ich wünsche es Ihnen.«

Die Augen Dr. Goldblums weiteten sich und drückten nur noch eines aus, Dankbarkeit. Er ergriff Lydias Hand. Ein Schauer durchfuhr sie.

»Sie können mich verstehen?«

»Ja.«

Lydia zog die Hand zurück. Warum hatte sie so einen Mann wie Dr. Goldblum nie kennengelernt? Wer weiß, vielleicht wäre ihr Leben dann anders verlaufen und sie wäre eine sorglose Mutter mit einem liebenden Ehemann.

»Sie wissen, dass ich Ihnen sehr dankbar bin, auch wenn es nicht so gekommen ist, wie Sie es sich vorgestellt haben. Sie haben mein Leben verändert, ohne Sie hätte ich diese Chance nicht und dafür danke ich Ihnen.«

»Dann glauben Sie mir?«

»Ja, eigentlich habe ich das die ganze Zeit.«

»Sie sollten jetzt gehen.«

»Ja, vermutlich werden wir uns nicht wiedersehen.«

»Vermutlich.«

»Ich wünsche Ihnen alles Gute.«

Mit diesen Worten war er aufgestanden, hatte sie noch einmal angesehen und war gegangen, ohne sich umzudrehen. Lydia war alleine, da kam die junge Frau von der Toilette. Wie viel Zeit manche Frauen dort verbrachten. Es war nicht wichtig, das Mädchen lächelte immer noch. Auch Lydia lächelte. Es war vorbei, sie konnte nicht mehr, wollte nicht, indem sie Rasmus bloßstellte, Dr. Goldblum klar machen, mit wem er zusammenarbeitete. Es war vorbei, ihr Leben war vorbei, fliehen oder sich stellen? Würde das Pentagon sie laufen lassen? Wohl kaum, davor stand der Colonel. Sein Einfluss und seine Kontakte. Nein, wenn Lydia sich stellte, konnte sie auch gleich Selbstmord begehen. Flucht, Untertauchen, sich zu verstecken, das würde jetzt ihre Zukunft sein. Lydia stand auf, ging zum Tresen und bezahlte die Rechnung. Direkt neben ihr stand das junge Mädchen und stritt sich mit ihrem Freund.

Lydia wandte sich ab, ging hinaus mit der Überzeugung, dass das Glück wohl für alle nur ein flüchtiger Schatten ist, der keine Ruhe kennt und den niemand auf Dauer einfangen kann. Sie fühlte sich besser, setzte sich in ihr Auto und fuhr zu dem Apartment.

Im Hausflur kam Lydia etwas seltsam bekannt vor, sie konnte es nicht greifen, aber etwas nahm sie wahr, das nicht hierher gehörte. Sie schürzte die Lippen und eine Denkfalte bildete sich zwischen den Augen, sie kam nicht darauf. Als sie die Tür aufgeschlossen hatte und zwei Schritte in das Apartment getreten war, wusste sie es.

»Carpenter!«

Unwillkürlich war der Name aus ihrem Mund gekommen.

»Woher wussten Sie?«

Dr. Carpenter war um die Ecke aus dem Wohnraum in den Flur getreten. Lydia verkrampfte sich.

»Bitte rennen Sie jetzt nicht weg, ich will mit Ihnen reden und ich bin allein.«

Lydias Anspannung sank in sich zusammen, ihr Körper war plötzlich erschlafft, selbst wenn sie es gewollt hätte, mit Beinen aus Gummi, war an Laufen nicht zu denken. Lydia hoffte, nicht umzufallen.

»Ich will gar nicht weglaufen, ich muss mich hinsetzen.«

An ihrem ehemaligen Chef vorbeigehend, steuerte sie einen der beiden beigen Sessel an und schaffte es gerade noch, sich auf die Lehne gestützt hineinfallen zu lassen.

»Sie erlauben, dass ich mich setze?«

Lydia nickte und machte eine winkende Geste mit der Hand in Richtung des zweiten Sessels.

»Sie wussten, dass ich hier bin?«

»Erst als ich die Tür aufgeschlossen hatte, Ihr Aftershave, nur Sie benutzen es in unserer Abteilung.«

»Ah, der Geruchssinn, der Colonel hat sich mal darüber in einer Führungssitzung lustig gemacht.«

»Ja, der Colonel.«

»Lassen wir den Colonel beiseite, es gibt Wichtigeres. Dinge, über die ich mit Ihnen sprechen möchte.«

»Nur Sie? Keine Abhörgeräte, keine Eliteeinheit, die vor dem Haus auf mich wartet?«

»Keine Abhörgeräte, keine Eliteeinheit. Niemand weiß, dass ich hier bin.«

Lydia schluckte. Was war hier los, konnte das sein, aber warum? Vielleicht war es die angenehme tiefe Stimme, die ruhige Art, und Lydia vertraute Dr. Carpenter.

»Ok, aber darf ich Sie vorher noch etwas fragen?«

»Fragen Sie nur.«

»Wie haben Sie mich gefunden?«

»Jill Brandon.«

»Sie haben sich daran erinnert?«

»Ja.«

»Aber warum ist nicht der Colonel hier?«

»Das hat unterschiedliche Gründe. Zunächst unterschätzt er Sie.«

»Weil ich eine Frau bin.«

»Das mag damit zusammenhängen.«

»Er hat in Ihren Augen versagt?«

»Das und dann plant er eine sehr krasse Lösung unseres Problems.«

»Ich soll endgültig aus dem Verkehr gezogen werden?«

»So könnte man es ausdrücken.«

»Aber ist das nicht im Sinne des Pentagon?«

»Nicht unbedingt und wie gesagt, er unterschätzt Sie, er glaubt, es gebe keine weitere Akte und dass Sie nur bluffen.«

»Und Sie glauben das nicht?«

»Sagen wir so, ich bin mir nicht sicher, ob es nicht doch eine weitere Abschrift gibt oder sie die Akte fotografiert und weitergegeben haben.«

»Mm, wenn ich mich nicht irre, gibt es noch weitere Gründe.«

»Sie irren sich nicht. Erstens, ich halte eine Menge von Ihnen und dann meine Tochter.«

»Bitte? Ich verstehe nicht.«

»Sie wissen bestimmt, dass ich eine Tochter habe. Sie ist fast in Ihrem Alter, ungestüm, ehrgeizig, darauf aus, es den Männern zu zeigen.«

»Und deswegen sind Sie hier, entschuldigen Sie, wenn ich sage, wenn das keine Falle ist ...«

»Es ist keine und wenn Sie mich anhören, werden Sie mir vermutlich auch glauben und auf den Vorschlag eingehen, zumal Sie Ihren wichtigsten Trumpf verloren haben.«

Lydia zuckte unmerklich und sah ihren Chef an. Wie gerne wollte sie ihm glauben, wollte aus ihrer aussichtslosen Situation entkommen. Und hier bot sich vielleicht die Chance dazu.

»Keine Falle, eine Vereinbarung nur zwischen Ihnen und mir?«

»Nun, wenn ich sage, ich bin alleine hier, stimmt das, heißt aber nicht, dass nicht andere Seiten informiert sind. Und mit den anderen Seiten meine ich die Führung, mit der ich meinen Plan abgesprochen habe.«

»Ich verstehe, ich würde gerne Ihren Vorschlag hören.«

»Also die Situation ist folgende, es gibt keinen Weg, uns auf Dauer zu entkommen.«

Lydia spürte die unausgesprochene Drohung, er hätte auch sagen können, Sie wissen, was es bedeuten würde, wenn der Colonel oder einer seiner Leute Sie während der Flucht zu fassen bekäme.

»Mm ...«

»Ich biete Ihnen einen Ausweg an, der für alle Seiten von Vorteil ist.«

»Trotz allem?«

»Ich ... wir, machen das nicht aus reiner Nächstenliebe, wir wollen verhindern, dass das Projekt Paperclip an die Öffentlichkeit gerät und falsch verstanden wird.«

»Falsch verstanden?«

»Bedenken Sie, auch Sie waren ein Teil der Operation. Sie selbst haben zum Gelingen beigetragen, bis Sie das große Ganze aus den Augen verloren haben.«

Er hatte recht. Sie war ein Teil davon gewesen, bis ihre Emotionen, ihr Menschsein sie dazu geführt hatte, auszuscheren, etwas verändern zu wollen. Aber sie war einer Fehleinschätzung aufgesessen, es war eben nicht möglich, unter Wölfen zu leben, ohne mit ihnen zu heulen, sonst wurde man zerfleischt. Lydia sah auf, Dr. Carpenter hatte sie genau beobachtet, jetzt sprach er weiter.

»Sehen Sie den Aufwand, den es machen würde, das Ganze wieder gerade zu richten? Auf den wollen wir gerne verzichten und um Sie wieder ins Boot zu holen, machen wir Ihnen folgendes Angebot. Vielleicht wissen Sie, dass einer der Abteilungsleiter der Aktenverwaltung nächsten Monat in den Ruhestand geht.«

»Dr. Farnon von der NARA?«

»Genau der, er war einer der Herren über alle endgültig abgeschlossenen Fälle des Pentagon. Er entscheidet unter anderem mit seinen Mitarbeitern, welche Akten, nach einer vorher bestimmten Liegedauer entweder freigegeben, vernichtet oder aber weiter als Geheimakte gelagert werden sollen.«

»Moment, soll das das Angebot sein? Sie wollen, dass ich seinen Posten übernehme und zur Aktenverwaltung wechsle?«

»Nicht doch so angewidert. Es ist eine verantwortungsvolle Aufgabe. Sie hätten 50 Mitarbeiter oder sagen wir, Sie wären die Vorgesetzte von ihnen.«

»Und ich würde den ganzen Tag im Archiv mehrere Stockwerke unter der Erde verbringen?«

»Das entscheiden Sie, denn das ist die primäre Aufgabe der Mitarbeiter. Sie hätten auch ein Büro auf der Führungsetage. Es würde einen enormen Aufstieg auf der Karriereleiter bedeuten, Ihr Gehalt würde sich schätzungsweise verdoppeln. Und ehrlich gesagt, ist das Ihre letzte verbleibende Möglichkeit.«

»Und das wäre es dann?«

»Sie würden diesen Job bis zum Ende ihrer Dienstzeit versehen, für andere Aufgaben wären Sie verbrannt.«

»Verstehe, und was fordern Sie?«

»Nicht viel, dass Sie mir mögliche Abschriften oder Fotos aushändigen, davon gehe ich nicht aus. Wir verlangen nur, dass Sie Ihre Ambitionen, dem Projekt Paperclip zu schaden, einstellen.«

»Und Sie würden mir vertrauen?«

»Sagen wir so, wenn Sie unsere Vereinbarung hintergehen, lassen wir den Colonel von der Leine.«

»Aber wie wollen Sie verhindern, dass der Colonel ohne Ihr Einverständnis aktiv wird und einen seiner Vertrauten auf mich ansetzt?«

»Sie vergessen, dass es zunächst mein Team ist?«

»Ach so, ja! Alle sind zunächst Ihnen verbunden?«

»Vielleicht nicht alle, aber der Colonel ist einer meiner Leute.«

»Sie haben ihn in der Hand, aber was ist, wenn Sie in Pension gehen?«

»Mein Nachfolger ist informiert und wird in meinem Sinne handeln.«

»Es wird nicht der Colonel?«

»Nicht doch, ein fähiger Mann, aber etwas zu machtbesessen. Sie lächeln?«

»Nun, ich möchte zu gern sein Gesicht sehen, wenn er das erfährt.«

»Da wird es Sie vielleicht freuen, dass Sie hierarchisch als Leiterin einer Abteilung, nicht nur über ihm stehen, sondern in einem Notfall ihm gegenüber weisungsbefugt sind.«

In der folgenden Woche hatte ich Schlafstörungen und wenn ich endlich eingeschlafen war, verfolgte mich Prof. Smith in meinen Träumen.

»Sie haben nicht das Recht zu praktizieren, Sie sind ein Scharlatan, der seine Patienten zum Besten hält!«

Mit diesen Worten hatte mich Dr. Smith aus einem Traum am Mittwochmorgen gerissen, und war eineinhalb Stunden später, wieder ohne Anmeldung, in meinem Behandlungsraum erschienen.

»Dr. Newman, wir können fortfahren.«

Fortfahren? Tag und Nacht waren meine Gedanken darum gekreist, wie ich beginnen sollte. Konnte ich ihm ein psychodiagnostisches Testverfahren zumuten? Ich hatte mich dagegen entschieden, obwohl ich ihn gerne dem »Ärgertest« unterzogen hätte. Spielbergers Test, der unter Kollegen spaßeshalber so genannt wird. Ärger war ein Gefühl, das bei Dr. Smith vorherrschend zu sein schien.

»Professor Smith, zunächst würde ich gerne ein paar grundsätzliche Faktoren abfragen.«

Wieso redete ich, als wäre es eine Universitätsvorlesung? Ich musste mir doch darüber klar sein, dass es nichts gab, womit ich diesem Mann imponieren konnte. Vielleicht sollte ich selbst einen Angsttest machen.

»Sie meinen, wie oft tritt der Zustand des Weinens auf, gibt es Zeiten und Situationen, in denen es häufiger vorkommt? Wann habe ich zuletzt geweint? Ach ja, und die wichtigste Frage, bar oder mit Kreditkarte?«

Bei jedem anderen wäre die letzte Bemerkung eine harmlose Spitze gewesen. Nicht bei ihm. Kälte und Arroganz machten mir klar, wie nah mein Traum der Realität war. Er sah meine Bemühungen nicht Wert an, dass sie honoriert würden.

»Um die Bezahlung habe ich mir am wenigsten Sorgen gemacht.«

»Worum haben Sie sich dann gesorgt, etwa um mich?«

Wieder diese Arroganz.

»Ehrlich gesagt, hatte ich mir überlegt, wie ich Ihnen helfen kann, auch wenn ich Ihr Ansinnen nicht wirklich verstehe.«

Ich hatte es ihm gesagt, hatte ihn auf meine Bedenken aufmerksam gemacht. Wie würde er reagieren? Ärger?

»Ich habe nichts anderes erwartet. Visionen sind etwas für Forscher, nicht für einfache Ärzte wie Sie.«

»Ok, was erwarten Sie von mir?«

Verdammt, ich war eingeschnappt und man konnte es hören.

»Sie wissen, was ich von Ihnen erwarte! Ich werde jetzt gehen, ich habe noch einen Termin.«

Er war schon fast aus der Tür, als ich ihm hinterherrief:

»Bevor Sie gehen, können Sie mir sagen, wann Sie gedenken, das nächste Mal zu kommen?«

Er blieb kurz stehen, drehte sich langsam um und fixierte mich:

»Nächsten Freitag.«

»Da ist geschlossen, da kommen Gäste zum Schabbat zu uns.«

»Sie sind Jude!«

Jetzt wusste ich, wo das Problem des Professors lag. Es war, als hätte jemand den Stecker gezogen. Seine Stimme brach in sich zusammen, er begann zu weinen. Es war, als hätte sich seine Persönlichkeit aufgelöst.

»Das konnte ich nicht wissen ... Warum haben Sie nichts gesagt? Ich weiß nicht, was ich sagen soll.«

Und noch weniger wusste ich, was ich tun sollte. War mein Gefühl ihm gegenüber bis dahin Abneigung, gepaart mit Angst und Neugier, so empfand ich jetzt Mitleid. Und wieder außerhalb jeder Professionalität war ich zu ihm gegangen und hatte ihm meine Hand auf die Schulter gelegt.

»Setzen Sie sich doch wieder, das bekommen wir schon hin. Vielleicht ist diese momentane Schwäche ein Glück für ...«

Weiter kam ich nicht, der Strom war wieder da.

Mit einer blitzschnellen Bewegung hatte er meine Hand von seiner Schulter gefegt.

Ich merkte, wieviel Kraft noch in ihm steckte. Jetzt, wo er direkt vor mir stand, kam ich mir unendlich klein vor.

»Schwäche? Was denken Sie sich? Dass Sie dazu das Recht haben?

Aber da irren Sie sich. Sie sind nur Jude und kein Schmetterling.«

Einen kurzen Augenblick begann er wieder zu schwanken.

Dann war er aus der Praxis gerauscht und ich war sicher, ich würde ihn nicht wiedersehen. Der Verzicht auf mein Honorar war dafür nur ein kleiner Wermutstropfen.

Honorar. Wofür auch? Es war mir egal, das Kapitel war abgeschlossen, ich war noch einmal mit einem blauen Auge davon gekommen. Ich sollte mich irren.

### Washington D.C., Edward R. Murrow Park 04.07.2001, 11:02 Uhr

Sie hatte nicht damit gerechnet. Unvorbereitet war sie ihm in die Arme gelaufen. Natürlich hatte Lydia in den letzten 50 Jahren ..., sie überlegte, war es wirklich schon 50 Jahre her? Nein, es waren sogar schon 53. Ihre Gedanken stockten. In Zeitungsartikeln war er ihr immer mal wieder begegnet.

### Washington D.C. 1962 TV-Bericht

»Bitte recht freundlich!«

»Vielen Dank!«

»Wie ist es, als erster Amerikaner die Erde in einer Umlaufbahn umrundet zu haben?«

»Es war spektakulär, vor allem die Aussicht, man konnte ganze Nationen vorbeiziehen sehen.«

»Was haben Sie dabei gefühlt?«

»Vor allem Dankbarkeit für diese Chance und für die Arbeit meiner Crew. Hier gilt mein ganz besonderer Dank dem Leiter der US Airforce-Aviation-University Professor Dr. Smith und seinem engsten Mitarbeiter, Dr. Goldblum, die hier neben mir stehen und ohne deren Einsatz und Forschung dieser Raumflug nicht möglich gewesen wäre.«

Über seinen Wert für das Land hatten sich der Colonel und ihr damaliger Chef, wie hieß er noch gleich, Carter, nein das war ein Präsident, genau Dr. Carpenter, sie hatten sich auf jeden Fall nicht geirrt, Dr. Rasmus hatte etwas bewirkt. Das nächste Mal war Rasmus ihr ein Jahr später, 1963, begegnet, wenn auch nicht leibhaftig.

Einer ihrer Mitarbeiter war schlechtgelaunt in ihr Büro gekommen: »Frau Dr. Fisher, es kommt ein riesiger Haufen Arbeit auf uns zu, eine große Operation aus den Nachkriegsjahren soll mit allen Akten herunterkommen.«

Operation Paperclip. Ohne Vorwarnung war sie quasi auf ihrem Schreibtisch gelandet. Obwohl nicht ganz, natürlich hatte sie bei der Abteilungsleiterbesprechung schon davon gehört, dass die Auflösung der Joint Intelligence Objectives Agency ihnen die Akten der Operation Paperclip bescheren würde, aber für den Vorgang wurde nicht ihre Abteilung, sondern Jackson beauftragt. Doch Jackson, so erfuhr sie bei einer Rückfrage bei ihrem Chef, hatte sich beim Skifahren einen Halswirbel gebrochen und war für die nächsten zwei Monate außer Gefecht.

Sie erinnerte sich, sie hatte direkt nach diesem Telefonat Johnson im Pentagon angerufen und ihm davon erzählt. Er war seit ihrem Einbruch ihr bester Freund geworden. Ehrlich gesagt, einziger Freund, der jede Woche am Dienstagabend zum Pizzaessen kam, um sein Abo »aufzuessen«. Er hatte gelacht: »Wenn das der Colonel, dieser alte Sack, gewusst hätte.«

Lydia sah den Colonel vor sich. Der Wutausbruch, den er in seinem Büro bekommen hatte, nachdem Lydias Beförderung bekannt geworden war, galt als eine Legende. Er hatte den Adler seines Aschenbechers den Kopf gekostet, nachdem er gegen die Wand geflogen war. Guthree, wie stets über die Sekretärin des Colonel bestens über alle Vorgänge informiert, hatte diese Begebenheit ebenso verbreitet, wie die depressive Phase, in die der Colonel geraten war, nachdem Dr. Carpenter als seinen Nachfolger einen jungen Mann aus dem Wahlkampfteam des Präsidenten benannt hatte. Bevor Carpenter gegangen war, hatte er Lydia noch in ihrer neuen Wirkungsstätte aufgesucht und sie über die Vorsichtsmaßnahmen, die er für sie getroffen hatte, informiert. Zunächst hatte er Ferguson bei einem illegalen Einsatz auffliegen lassen. Der saß jetzt für die nächsten 20 Jahre auf Staatskosten. Und den Colonel, seines Bluthundes beraubt, ließ er wissen, dass, sollte ihr etwas zustoßen, seine Machenschaften und gewisse schwarze Kassen an die Öffentlichkeit kämen. Darauf hatte der Colonel nahezu gleichzeitig mit Carpenter seinen Abschied eingereicht und erfolglos versucht, in der Politik Fuß zu fassen. Lungenkrebs hatte ihn dann 1955 dahingerafft. Lydia hatte es in der Sitzung der Abteilungsleiter gehört. Ihr Chef hatte das große Wort geführt, ihn als Urgestein mit Prinzipien gelobt, an denen sie sich alle ein Beispiel nehmen sollten. Lydia hatte sich diskret zurückgezogen, um nicht auf ihn anstoßen zu müssen. In ihrem Büro angekommen, gingen ihr die Vorsichtsmaßnahmen ihres ehemaligen Chefs durch den Kopf, um sie vor der Rache des Colonels zu schützen. Dass Dr. Carpenter auch gegen sie Vorsichtsmaßnahmen eingeleitet hatte, erfuhr Lydia, als sie die Akten der Operation Paperclip 1963 das erste Mal inspizierte.

Auf der ersten Seite las sie die Worte:
*An die Leitung der NARA:*
*Die Akten über die Operation Paperclip dürfen auf keinen Fall in die Aktenverwaltung von Frau Dr. Fisher gelangen. Jegliche Beteiligung an der Bearbeitung und Durchsicht der oben genannten, die Operation Paperclip betreffenden Akten, muss strikt vermieden werden. Darüber hinaus sollte Frau Dr. Fisher jegliche Einsicht in die Akten und die damit zusammenhängenden Vorgänge verweigert werden.*
*Dr. Carpenter*
*Leiter Joint Intelligence Objectives Agency*

Nur hatte sich nach all den Jahren keiner mehr an seine Weisung erinnert und der für die Verteilung der Akten zuständige Beamte war der gängigen Praxis gefolgt, die erste Einsicht in die Akten dem zuständigen Abteilungsleiter zu überlassen.

Lydia hatte die Seite sofort vernichtet und den Vorgang unter ihre persönliche Leitung gestellt und sich, unüblich für ihre Stellung, die Akten des Falles Dr. Rasmus, alias Professor Dr. Smith, zur eigenhändigen Bearbeitung auf den Schreibtisch legen lassen. Das war 1963 gewesen, danach war er nicht mehr in ihrem Leben aufgetaucht. Auch hatte sie ihn aus ihren Gedanken verdrängt, lediglich in Träumen erschienen seine eisblauen Augen immer mal wieder, meist in einer anderen Person, aber wenn sie aufwachte, wusste sie, dass er gemeint war. Sie hatte sich damit abgefunden, sich damit beruhigt, dass er vermutlich längst tot war, der Staub, zu dem er zerfallen war, ihr nichts mehr anhaben konnte. Und im Laufe der Jahre waren zum Glück auch die Träume weniger geworden, von Zeit zu Zeit ein flüchtiges Treffen, das nach einem guten Frühstück wieder vergessen war. Die Erinnerung war nicht tot, sie bekam in der Umgebung so vieler guter Jahre aber eine andere Färbung. Von Schwarz zu einem lichten Grau. Bis sie vor etwa einem Jahr plötzlich wieder tiefschwarz wurden. Die Zeitungen hatten sich zu seinem 100. Geburtstag fast überschlagen. Ein Held, nein, ein Nationalheld stand in einer Zeitung, auf den Amerika stolz sein konnte. Da waren sie wieder, die Augen, hart, kalt und ungebrochen. Auf dem Bild, das eine halbe Zeitungsseite einnahm, sah sie, wie er lächelte, ohne dass es seine Augen erreichte. Er hatte sich nicht verändert. Immer noch spürte sie die zielgerichtete Arroganz und seine Verachtung allem Lebenden gegenüber. Lydia hätte auch diesen Rückschlag überwunden, wäre da nicht ein Zufall oder war es Schicksal gewesen, vielleicht war es das hinterhältige Wirken beider, das sie mit aller Macht in das Jahr 1947 zurückschleuderte.

Wäre sie doch nur an diesem Morgen nicht in den Park gegangen. Lydia hatte ihren Stock aus der Hand fallen lassen, immer stärker machten sich die Auswirkungen ihrer Parkinsonerkrankung bemerkbar. Sie hatte versucht, sich zu bücken und war auf die Knie gefallen. Sie hätte es geschafft, auch alleine, den Stock hatte sie schon wieder fest gepackt, als eine Hand ihr von hinten unter die Arme griff und sie hochzog. Dankbarkeit – Hilfe anzunehmen, fiel ihr schon lange nicht mehr schwer, sie hatte eine Putzfrau und ließ sich ihr Essen bringen. Als sie sich umdrehte, waren sie wieder da und es war kein Traum, es war die kalte unnachgiebige Wirklichkeit. Sie blickte in sein Gesicht. Es war alt und doch wurde es nicht annähernd seinem wirklichen Alter gerecht. Dann verfing sie sich in seinem Blick, der keinerlei Güte oder Hilfsbereitschaft ausstrahlte. Sie sah Verachtung. Verachtung für die Hinfälligkeit ihres Körpers. Er hatte ihr nur aufgeholfen, um ihr, der Welt zu zeigen, Schwäche war verachtungswürdig. Er hatte sie nicht erkannt, wie auch? Sie war dick geworden und die Zeit war nicht gnädig mit ihr gewesen, nichts war von ihrem einstmaligen Aussehen geblieben, das bei ihrem ersten Aufeinandertreffen auch sein Interesse erregt hatte. Sie konnte sich nicht lösen, es kam ihr vor, als glotzte sie ihn an, bemerkte, wie sich sein Blick von Verachtung zu echter Abscheu wandelte. Vermutlich dachte er, sie wäre nicht nur körperlich verfallen. Eine schwachsinnige Alte, die durch den Park torkelte.

»Dr. Rasmus.«

Die Hand, die sie immer noch festgehalten hatte, löste sich.

Sie beobachtete wie in Trance, wie sein Blick noch eindringlicher, noch härter wurde.

»Wer sind Sie?«

»Ich bin Ihre Vergangenheit.«

Noch immer hatte er seinen Blick nicht abgewandt und sie erkannte, dass er sie jetzt interessiert musterte. Ein Blitz der Erkenntnis ließ seine kalten Augen kurz aufflammen, bis sie wieder in der unbeweglichen eisblauen Kälte eines zugefrorenen Bergsees leuchteten.

»Frau Doktor, Sie leben noch?«

Was hatte er gedacht, dass nur er alt werden konnte?

»Ich lebe noch, wie Sie sehen.«

»Ich sehe eine alte, verfallene Frau, die zu Halluzinationen neigt.«

Er lächelte auf sie herab, er kam ihr größer vor als früher, doch das lag daran, dass sie in sich zusammengesunken war und er nichts an seiner Haltung verloren hatte.

Er hatte den Blick abgewandt, wollte gehen.

»Ich habe die Akten von Doktor Goldblum gestohlen.«

»Was haben Sie?«

»Ich habe die Akte Dr. Goldblums.«

»Und?«

»Ich werde sie an die Zeitung geben.«

»Das werden Sie nicht.«

»Es wird alles zerstören, was Sie sich aufgebaut haben.«

»Selbst wenn Sie die Akte haben, Sie werden es nicht tun, Sie haben es bisher nicht getan und werden es auch jetzt nicht tun. Warum sollten Sie?«

Sie konnte es nicht glauben, und doch hätte sie es wissen müssen, keine Gefühlsregung. Lydia erinnerte sich, nicht einmal auf dem Hochsitz war es ihr gelungen, diesen Mann zu überraschen. Auf alles, was ihn treffen konnte, reagierte er mit noch mehr Härte als er eh schon ausstrahlte. Dieser Mann kannte keine Schwäche.

»Weil sie mir leidtun?«

»Was? Machen Sie sich nicht lächerlich.«

Konnte das sein? Seine Stimme klang leicht stockend und hatte nicht auch sein Blick kurz geflackert? Er drehte sich um, fast hatte Lydia das Gefühl, er wolle fliehen.

»Kennen Sie Agatha Christie?«

»Bitte?«

»Wo haben unsere Ängste ihren Ursprung?

Wo nehmen sie Gestalt an?

Wo verstecken sie sich?«

Er drehte sich um. Lydia sah, dass alle Farbe aus seinem Gesicht gewichen war. Er wirkte kleiner als noch vor wenigen Augenblicken, als hätte ihn sein Alter innerhalb einer Sekunde eingeholt und er weinte.

»Das dürfen Sie nicht, ich ...«

Weiter kam er nicht, ein Heulkrampf begann ihn zu schütteln. Lydia sah in seine Augen. Es schien ihr, als bemerkte er sie gar nicht, als er schluchzend an ihr vorüberging.

Sie sah ihm nach. Nie wieder würde sie von diesen kalten Augen träumen, sie waren nicht mehr kalt, das Eis war zu Tränen geschmolzen und sie hatte so eine Ahnung, als würde Dr. Rasmus darin ertrinken.

**Washington D.C., 17.07.2001**

Das Nächste, was ich von ihm hörte, war seine Todesmeldung.

»Herr Doktor, haben Sie es schon gelesen?«

Ich war gerade in die Praxis gekommen und wie immer informierte mich Gladys über den neuesten Tratsch, den sie beim Frühstück in der Zeitung gelesen hatte.

»Der Professor ist tot.«

»Wer?«

»Na, der Alte, der unhöfliche Kauz, der zweimal hier war.«

Damit legte sie mir die aufgeschlagene Zeitung auf den Tisch.

**Nachruf**

Raketenzentrum in Huntsville, Abteilung Materialforschung

Wir trauern um unseren langjährigen Chef
**Professor Dr. Frank Smith**
Professor Dr. Smith war einer der führenden Köpfe der Luft- und Raumfahrtmedizin des 20. und 21. Jahrhunderts und hat die Abteilung Materialforschung aufgebaut und zu dem gemacht, was sie heute ist. Durch sein ungeheures Wissen, seine Erfahrung und seine Zielstrebigkeit ist er uns allen ein Vorbild gewesen. Wir werden seine Expertise, seine Aktivität – wir werden Professor Smith vermissen.
Professor Frank Smith ist im hohen Alter von 101 Jahren freiwillig aus dem Leben geschieden.
Wir werden das Andenken von Professor Dr. Frank Smith in Ehren halten.
Die Mitarbeiter der Abteilung Materialforschung
Washington D.C. Juli 2001

Habe ich versagt? Hätte ich die Möglichkeit gehabt, die Dinge zu ändern? Seit einem halben Jahr schaffe ich kaum noch, meine Aufgabe als Therapeut wahrzunehmen, immer wieder frage ich mich, ob ich Professor Smith hätte helfen können. Schuldgefühle begleiten mich Tag und Nacht. Es fällt mir immer schwerer, morgens in die Praxis zu gehen. Heute Morgen hat mich meine Frau aus dem Haus gedrängt, wie immer in letzter Zeit. Kurz habe ich überlegt, an der Praxis vorbeizufahren, dann habe ich meinen Wagen doch auf dem Hof geparkt. Als ich die Tür öffne, kommt Gladys auf mich zu, wie immer.

»Herr Doktor, haben Sie es schon gelesen? Der Professor war ein Nazi.«

»Der Professor, Sie meinen ...«

»Genau, der Alte.«

Ich riss ihr die Zeitung aus der Hand.

### Pentagon deckt Kriegsverbrecher

Professor Dr. Frank Smith, der vor einem halben Jahr im Alter von 101 Jahren den Freitod gewählt hat, war ein Kriegsverbrecher. Wie sich bei der Sichtung seines Nachlasses ergeben hat, ist Professor Smith, alias Dr. Rudolf Rasmus, während des Zweiten Weltkrieges maßgeblich an den Menschenversuchen im KZ Dachau beteiligt gewesen. Auf sein Betreiben hin sind Versuche an jüdischen Insassen durchgeführt worden, die dem Zweck dienten, herauszufinden, wie der menschliche Körper in Flughöhen ab 9.000 Metern reagiert. Den Unterlagen nach sind in verschiedenen Versuchen unter teilweise qualvollen Umständen 200 Personen ums Leben gekommen. Weitere Opfer hat Dr. Rasmus in Kauf genommen, um festzustellen, wie lange Menschen mit Unterkühlung überleben können. Alle Probanden der Versuche waren männliche Juden. Auf die Frage, wie es dazu kommen konnte, dass ein Kriegsverbrecher dieser Kategorie durch das Pentagon gedeckt und mit einer neuen Identität ausgestattet wurde, sagte ein führender Angestellter des Pentagon:

»Die Zeit nach dem Zweiten Weltkrieg war geprägt von dem beginnenden kalten Krieg und der Konkurrenz zwischen der Sowjetunion und den USA. In dieser schwierigen Zeit war genau abzuwägen, wie mit wissenschaftlichen Ressourcen umzugehen ist. Der Vorsprung deutscher Wissenschaftler in der Luft-Raumfahrt-

und Raketenforschung, aber vor allem der Luftfahrtmedizin, war allen bekannt. Die Frage war, konnten wir diesen Vorsprung der Sowjetunion überlassen? Die Entscheidung, die im Falle Dr. Rasmus getroffen wurde, war eindeutig: Seine zukünftige wissenschaftliche Bedeutung für die USA war höher einzuschätzen als seine Kriegsschuld. Was durch seine führende Rolle bei der medizinischen Betreuung der ersten Astronauten eindrucksvoll bestätigt wurde. Ob Professor Smiths Vergangenheit ein Grund für seinen Freitod gewesen ist? Auf diese Frage wollte das Pentagon keine Antwort geben.

Das war mir egal. Ich wusste jetzt, ich war nicht verantwortlich für seinen Tod. Er war schon verloren, als er zu mir kam. Es war seine Vergangenheit als Kriegsverbrecher, die ihn eingeholt hatte. Der Panzer aus Selbstgerechtigkeit und unterdrückter Schuld wäre zu seiner Lebzeit von mir nicht zu knacken gewesen und er wusste das.

Weder meine Frage, ob er Schmetterlinge liebte, noch mein Hinweis auf seine kurzzeitige Schwäche, die beiden Bemerkungen, die ihn besonders aus der Fassung gebracht hatten, waren der Schlüssel gewesen.

Ich hatte keine Schuld! Ich war wieder frei.

# Epilog

## Deutsch-Südwestafrika 1906
Bakteriologisches Laboratorium Lüderitzbucht

»Rudolf, dein Vater wünscht dich in seinem Sprechzimmer zu sehen.«

»Ja, Mutter.«

»Vater, Sie wollten mich sprechen?«

»Sieh mich an, wenn du mit mir sprichst und stelle dich aufrecht hin.«

»Jawohl, Vater.«

»Rudolf, hast du das Korkenglas geöffnet?

Fang nicht an zu zappeln, sondern antworte mir.«

»Vater, ich habe ...«

»Rudolf, sieh mich an und stammle nicht.«

»Ja, Vater, ich habe das Korkenglas geöffnet.«

»**Warum?**«

»Der Schmetterling ist immer wieder gegen die Scheibe geflogen, er hat mir leidgetan. Er ist so schön. Ich wollte, dass er wieder frei ist.«

»Du weißt, warum ich Insekten in Gläsern halte?«

»Ja, Vater. Sie versuchen Dinge mit ihnen und dann stecken Sie sie auf Nadeln.«

»Ich mache wichtige Versuche mit ihnen, damit ich in der Lage bin, Menschen bei Krankheiten zu helfen. Verstehst du das?«

»Ja, Vater.«

»Das Leben eines Schmetterlings, wie der hier, ist dabei nicht von Wichtigkeit.

Warum weinst du? Ja, es ist dein Schmetterling. Ich habe ihn an der Fensterscheibe gefangen.«

»Aber Vater ...«

»Du nimmst jetzt diese Nadel und schaust ihn dir ganz genau an.«

»Er ist ... er ist doch aber tot.«

»Das stimmt und ich habe ihn getötet. Mein Sohn, du bist zu weich, ich habe es deiner Mutter schon immer gesagt. Eine derartige

Schwäche werde ich in Zukunft nicht mehr dulden. Siehst du die Gläser, die ich dort auf den Tisch gestellt habe?"

„Ja, Vater."

„Was siehst du?"

„Es sind viele verschiedene Schmetterlinge, aber auch einige Marienkäfer."

„Und, leben sie?"

„Ja, Vater."

„Morgen wird es deine Aufgabe sein, einen nach dem anderen auf eine Stecknadel zu spießen."

„Ich soll sie töten?"

„Du sollst sie präparieren und nie wieder will ich dich wegen eines Schmetterlings oder irgendeiner lächerlichen Kreatur weinen sehen. Hast du mich verstanden?"

„Ja, Vater."

„Jetzt stellst du alle Gläser auf deinen Schreibtisch. So kannst du bis morgen noch genau studieren, wie sich diese Insekten verhalten, bevor du sie tötest und aufspießt."

„Bitte, Vater."

„Und lass es dir nicht einfallen, auch nur eines frei zu lassen! Du kannst jetzt gehen."

## Frank Salewski

*Heimgekehrt*

*Wäre er doch gefallen*

Roman

Der zweite Weltkrieg ist vorüber. Eva, die Hauptperson des Briefromans »Heimgekehrt – Wäre er doch gefallen«, ist eine der Frauen, die ihrem aus dem Krieg heimgekehrten Ehemann nichts entgegenzusetzen hat. Überfordert durch seine Gewalt und Grausamkeit, vertraut sie sich lediglich ihrem Tagebuch an. Immer bemüht, vor ihren Kindern die Fassade der Normalität zu wahren, und das ungewöhnliche Verhalten des Vaters zu entschuldigen, schreibt sie in ihrem Tagebuch offen über den Ekel und die Angst, die sie empfindet. Unterbrochen werden diese Tagebucheinträge durch Briefe an ihre Freundin Lilli, in denen der Autor Evas ehemals glückliches Leben für den Leser Revue passieren lässt. Kaum merklich nähern sich dabei Evas Briefe zeitlich ihren Tagebucheinträgen gegen Ende des zweiten Weltkrieges an, um dann schließlich in einem tragischen Schlussakkord ineinander überzugehen.